BORIS VIAN

Werke

in Einzelausgaben

Herausgegeben von
Klaus Völker

VERNON SULLIVAN

Die kapieren nicht

Elles se rendent pas compte

Aus dem Amerikanischen von

BORIS VIAN

Deutsch von
Hanns Grössel

Verlag Klaus Wagenbach Berlin

Die kapieren nicht

Erstes Kapitel

Also zunächst mal: Kostümbälle müßten verboten werden. Jeder langweilt sich dabei zu Tode, und im zwanzigsten Jahrhundert ist man schließlich nicht mehr in dem Alter, sich als sizilianischer Räuber oder als große Arie aus der *Tosca* zu verkleiden, bloß um Zutritt zu Leuten zu haben, mit deren Tochter man verkehrt: denn genau das war das Problem. Es war der 29. Juni, und am Tage darauf debütierte Gaya in der Gesellschaft. In Washington bedeutet das eine ganz schöne Strapaze. Und ich, Gayas Spielkamerad, sowas wie ein Ziehbruder... Sie kapieren schon. Ich mußte ganz einfach hingehen; ihre Eltern hätten mir nie verziehen.

Aber hätte Gaya ihr Debüt in der Gesellschaft nicht genauso geben können wie die ganze besagte Gesellschaft? Und in normalem Abendkleid? Die Jungens im Smoking? Mit siebzehn ist man doch zu alt dazu, sich mit lauter Theaterkram zu behängen ... was soll das denn?

Ohne mich mit weiteren Fragen abzuquälen, fuhr ich fort, mich vor meinem Vergrößerungsspiegel zu rasieren; die ersten Fragen reichten mir, hatten mich schon in Wut gebracht. Ich stellte mir Gayas Mund, Gayas Hände und das übrige vor – alles so gut trainiert, daß dieser Mummenschanz überflüssig war.

Also wirklich! Meine Wut wurde immer größer. Schade, daß mein Brüderchen Ritchie nicht da war – den hätte ich bitten können, meinen Blutdruck zu messen. Medizinstudenten sind begeistert, wenn man sie um solche Mätzchen bittet. Sie führen vernickelte Apparate mit Zeigern, Zifferblättern, Schläuchen vor, zählen einem die Herzschläge oder messen einem den Lungenumfang, und keines dieser Kinkerlitzchen ist jemals zu etwas nütze gewesen. Aber ich schweifte ab. Ich begann wieder, an Gaya zu denken.

Also gut, wenn sie das unbedingt wollte. Ich würde mich als Frau herausputzen. Und all ihre Freunde würden um mich herumschwänzeln. Sogar mit meinem Namen, Francis, klappte es. Sie würden Frances verstehen, und die Sache wäre gelaufen. Den ganzen Abend würde Gaya sich in den Bauch beißen, weil sie einen Kostümball gegeben hatte. Als wäre für sie nicht das beste Kostüm eine kleine Blume zwischen den Zähnen und ihre hübsche Haut auf dem Buckel, ohne alle sonstigen Fisimatenten.
Von meinem hochgeschobenen Fenster aus sah ich, an der Kreuzung der Connecticut Avenue und der Columbia, ein Stückchen des McClellan-Standbilds. Wenn ich die Augen weiter aufsperrte, entdeckte ich gerade noch den Zipfel der Fahne auf der Finnischen Gesandtschaft, zwischen der Wyoming Avenue und der California Street. Nicht deutlich genug. Sehe schlecht. Fenster zu. Ich ging wieder zu meinem Spiegel.
Tief ausrasiert, hatte ich eine Haut so glatt wie ein echtes Mausefell, und mit ein wenig Grundschminke wäre es vollkommen. Bloß meine Stimme machte mir Sorgen. Ach was – ein Glas hinter die Binde, und keiner dieser Blödmänner würde sich dabei aufhalten. Am meisten mußte ich bei der Vorstellung grinsen, daß Bill oder Bob mich zum Tanzen auffordern würden … mit den falschen Brüsten meiner Mutter und einem engsitzenden guten Slip lief ich in punkto äußere Merkmale keine Gefahr, aber bestimmt müßte ich mir die Seiten halten vor Lachen …
In Sachen Kostüm hatte ich mir keine grauen Haare wachsen lassen. Ein Kleid aus den fröhlichen neunziger Jahren, Spitzen, Korsett, Unterrock, schwarze Strümpfe mit Stabmuster … und Stiefeletten aus Ziegenleder, Kinder! Das Ganze hatten mir meine Leute beschafft, die beim Theater arbeiten.
Vielleicht sollte ich mich vorstellen. Francis Deacon, Harvard-Abgänger (aber nicht ganz freiwillig), mit einem stinkreichen Papa und einer hochdekorativen Mama versehen.

Fünfundzwanzig Jahre alt – wie siebzehn aussehend – schlechter Umgang: Boxer, Säufer, Krawallmacher und hübsche Damen, die man gegen Bezahlung liebt: eine ausgezeichnete Partie. Kein schlechter Kerl. Abscheu vor Intellektuellen. Eher sportliebend. Feine Sportarten: Judo, Catchen, Segeln, ein bißchen Rudern, Skilaufen usw. Aussehen wie ein Kümmerling: fünfundsiebzig Kilo und sechsundfünfzig Zentimeter Taillenumfang. Meine Mutter schlug mich um einen Zentimeter. Aber das kostete sie viel Geld für Massagen.
Ich setzte mich neben den Spiegel und ergriff den Gegenstand, mit dem ich mich zu martern gedachte. Eine dicke Stange Spezialwachs, das ich beim Chinesen von Mama gekauft hatte und von dem er versicherte, er benutze es regelmäßig zum Enthaaren seiner Kundinnen.
In der einen Hand ein Feuerzeug, in der anderen das Wachs, betätigte ich das Rädchen, und die kleine blaue Flamme beleckte allmählich den durchsichtigen Kegelstumpf.
Es schmolz. Ich streckte mein Bein aus, knallte – peng! – das Ding auf meine Haare und »verteilte schnell«, wie es in der Gebrauchsanweisung hieß.
Als ich fünf Minuten später wieder zur Besinnung gekommen war, überlegte ich: wenn mich das beim ersten Anlauf schon einen Kristalleuchter und einen Spiegel von vier Quadratmetern kostete, dann täte ich wohl besser daran, gleich zu dem Chinesen zu gehen. Ich schaute auf meine Uhr. Ich hatte Zeit genug. Ich nahm den Telefonhörer ab. Zum Teufel mit dem Geiz.
»Hallo! Wu Shang? Hier Francis Deacon. Haben Sie eine Minute Zeit?«
Seine Antwort war natürlich ja.
»Ich komme!« sagte ich. »In fünf Sekunden bin ich bei Ihnen.«
Immerhin, fünf Sekunden für einen Kerl, der humpelt, ist wenig – ich brauchte zehn.

Zweites Kapitel

Als ich Wu Shang machen sah, mußte ich in aller Objektivität zugeben, daß es besser ist, sich den Händen eines Spezialisten anzuvertrauen.

»Wird das auch keine Spuren hinterlassen?« fragte ich Wu Shang und zeigte auf die dunkelrote Stelle, wo ich meinen ersten Versuch unternommen hatte.

»Gar keine«, antwortete Shang. »Alles andere wird in fünf Minuten genauso rot sein, und in einer Stunde ist alles vorbei.«

Er sah mich an, aber was er dachte, war nicht zu erraten. Dazu muß man die Chinamänner kennen.

»Ich gehe zu einem Kostümball«, erzählte ich ihm. »Und ich muß Strümpfe tragen«.

»Das haben wir gleich«, sagte er.

Er verstrich das Wachs, riß mit einer heftigen und gezielten Bewegung die Haare aus, die davon umhüllt waren, und legte die Stange wieder über eine kleine Gasflamme – meine Waden sahen aus wie der Rücken eines gesengten Federviehs. Innerhalb einer halben Stunde war es ausgestanden. Ich bedankte mich bei Wu Shang, bezahlte und ging hinaus. Es juckte ein bißchen – nicht sehr. In meiner Tasche spürte ich die harte Kugel des Creme-Töpfchens, das er mir zum Einreiben der Beine gegeben hatte. Rasch stieg ich meine zwei Stockwerke hoch und begab mich wieder an meine Toilette. Im Detail beschreibe ich sie Ihnen nicht, aber als ich mich im Badezimmerspiegel betrachtete (Sie erinnern sich, daß ich den im Wohnzimmer kaputtgehauen hatte) – da hatte ich das Gefühl, ich müßte an mich halten, wenn ich mir nicht ein übles Viertelstündchen bereiten wollte. Ich verliebte mich in mich – einfach so … Kinder, wenn ihr dieses Mädchen gesehen hättet, das mich mit meinen Augen ansah … alles da, wo etwas hingehört – Hüfte, Brust – (und haltbar:

meine Mutter kauft keinen Schund) – und ein Gang, der alle hartgesottenen Burschen von der Bowery verrückt gemacht hätte.
Ich schaue auf meine Uhr. Immerhin dauert das jetzt schon dreieinhalb Stunden. Haar um Haar habe ich ausgezogen – ich verstehe, warum Gaya, dieses Biest, mich immer warten läßt ... Eigentlich macht sie ganz schön schnell, wenn Sie meine Meinung dazu hören wollen.
Ich stehe auf der Straße. Ich hoffe, man wird sich nicht darüber wundern, mich in meinen Wagen steigen zu sehen, denn Scherz beiseite: ich sehe nicht gerade wie Francis Deacon aus ... Jetzt bin ich nicht mehr so sauer auf Gaya – ich weiß aus sicherer Quelle, daß sie sich als Page verkleiden wird – aber Sie können sich denken, daß es bei der Brust, die sie hat, alle merken werden. Ich hingegen gehe jede Wette ein, daß ich froh sein kann, wenn mich einer erkennt, und ich bin bereit, ihm zweihundert Dollars zu schenken, so als hätte ich die.
Papas alter Cadillac – er ist zwei Jahre alt, Papa hat ihn mir geschenkt, als er den neuen kaufte – bringt mich nach Chevy Chase. Ich biege nach Crafton ein und nehme die Dorset Avenue. Es ist das Viertel der Geldsäcke – auch meine Eltern haben in der Ecke ein Anwesen; aber ich wohne tausendmal lieber in der Stadt. Ich biege in eine der kleinen Privatstraßen zur Rechten ein. Mindestens sechzig Schlitten parken vor Gayas Anwesen, manche im Garten. Ich quetsche mich zwischen den Rolls von Cecil, dem Burschen aus der englischen Botschaft, und einen alten Olds von 1910; sicherlich ist es der von John Payne – komische Idee, sich John Payne zu nennen. Herrschaften, ist das ein Schlitten!
Ich steige aus. Eine Sekunde nach mir kommt ein dicker weißer Chrysler an, und als der Kerl mich sieht, richtet er seine Scheinwerfer auf mich, so als hätte er einen Verdacht. Nur ruhig, meine Perücke sitzt gut, du kannst mich von allen Seiten beäugen.

Ich raffe zart meine Röcke und steige die drei Stufen zum Eingang hoch. Alles ist voller Licht und Lärm, und die Musik spielt. Übrigens grauenvoll – Gaya hat davon nie was begriffen; Hauptsache, es ist schön schmalzig, dann ist sie schon zufrieden.
Ich betrete das Haus. Drinnen ist eine ganze Horde, und mindestens fünfzehn sizilianische Räuber; das hatte ich schon gewußt. Gelegenheit, ein weit ausgeschnittenes Hemd und enganliegende Hosen zu tragen, damit man den Bienen zeigen kann: erstens, daß man Haare auf der Brust hat (oder keine), und zweitens, daß das Christkind einen bei der Verteilung der natürlichen Vorzüge nicht vergessen hat (oder daß es einen vergessen hat: auch das ist nützlich, denn manchen Mädchen macht das Angst).
Ich pumpe den Oberkörper hübsch auf, und meine falschen Brüste spannen die Seide meines Mieders zum Zerreißen. Sie sind gut gemacht, man sieht die Spitzen sich abzeichnen. Es geht nicht daneben; ein großer Tolpatsch von Robin Hood kommt mich auffordern, und seine Hände zittern vor lauter Aufregung. Es ist ganz schön unangenehm, sich von einem anderen Jungen führen zu lassen. Ich mache einen schrecklichen Eindruck auf ihn, das muß an Mamas Soir d'Amour liegen, ich habe mir die Flasche über den Schädel ausgekippt. Der Junge ist auf der Stelle fast hinüber. Zum Glück hört die Platte auf. Gaya steht hinten neben dem Büffett, sie blickt mich scheel an. Sie ist als kleiner Page verkleidet, ich bin also richtig informiert worden. Und neben ihr steht ein dicker Lil'Abner, und auf der anderen Seite ein Superman, der gut fünfunddreißig Kilo wiegt … aufgeblasene Burschen gibts. Ich kann Ihnen sagen: Gaya sieht nicht aus, als freute sie sich darüber, mich zu sehen, ich komme nämlich sehr gut an, und sie weiß nicht, wer es ist. Ich gehe auf sie zu. Den Trick mit dem Sprechen habe ich gefunden: eine verschleierte, leicht angerauhte tiefe Stimme. Ich werde so tun, als wäre ich eine alte Freundin:

»He Gaya! … wie gehts Ihnen?«
»Gut gehts«, sagt sie; »wer sind Sie? Ich erkenne Sie nicht.«
»Sie dagegen erkennt man sofort«, sage ich. »Unmöglich, Sie für einen Mann zu halten.«
Vielleicht gehe ich ein bißchen zu scharf ran. Wie sprechen die Bienen miteinander? Ich kapiers nicht. Im Grunde müssen sie einander harte Sprüche bieten; im übrigen zuckt sie nicht mit der Wimper.
»Sie, meine liebe Flo, Sie haben nicht mal das Risiko auf sich genommen«, sagt sie zu mir und betrachtet mit verstellt verächtlicher Miene meine Brust.
Ich lache, sehr geschmeichelt. Also »Flo« bin ich.
»Oh«, sage ich, »ich habe alles versucht, aber ich habe sie nicht flach kriegen können … wissen Sie, ich hätte mich zu gerne als sizilianischer Räuber verkleidet, aber ich glaube, ich habe zuviel da oben.«
»Ich habs geschafft«, erwidert sie trocken.
Der als Lil'Abner verkleidete große Bursche umfaßt mich.
»Wie denn«, fragt er leise und vergewissert sich, daß Gaya uns nicht hört. »Tatsächlich? Sie sind Florence Harman?«
»Ja«, antworte ich. »Verpfeifen Sie mich nicht.«
»Ach wo … Ich bin Dick Harman«, sagt er zu mir und drückt mich sehr heftig, »und eher soll mich der Teufel holen, als daß ich mit meiner Schwester tanze. Im übrigen …«
Er wird rot …
»Sie … tanzt weniger gut als Sie. Sie ähneln ihr, müssen Sie wissen.«
»Wo ist Ihre Schwester denn?« frage ich.
Denn eine Biene, die dem ähnelt, was ich in diesem Augenblick bin, das interessiert mich, sicherlich und gewiß. Der »Harman« Genannte zuckt die Achseln. Jetzt erkenne ich ihn. Es ist einer der Typen aus der Football-Mannschaft der Universität, ich bin ihm schon bei Gaya begegnet.
»Florence ist blöde«, sagt er. »Sie hat dieselbe Dummheit

gemacht wie Gaya. Sie hat sich als Junge verkleidet. Und ich schwöre Ihnen ... Da haben wirs«, und er verschluckt sich heftig.
»Ich meine«, fährt er fort, »man sieht es... ööh... genauso wie Sie ...«
Ich lache wieder, belustigt und sehr weiberhaft frech.
»Was wissen denn Sie davon?« frage ich. »Ich bin vielleicht ein Junge.«
Er drückt sich zärtlich an mich. Teufel auch, ist das unangenehm, zärtlich von einem Mann gedrückt zu werden. Das kratzt und riecht nach Rasiercreme. Die Mädchen sollen leben!
»Als was geht Florence?« frage ich.
»Sie wollte sich als Tarzan verkleiden«, sagt er.
Dabei läuft er puterrot an.
»Ich habs geschafft, sie davon abzubringen. Sie ist als französischer Edelmann verkleidet, Louis XIV oder Louis XV, ich versteh nichts von all ihren Zahlen. Mit hohen Hacken. Schauen Sie, da hinten ist sie. Die Rothaarige. Mit einer samtenen Halbmaske.«
Der arme Dick scheint höchst unangenehm berührt.
»Es ist entsetzlich«, sagt er. »Sie fordert alle Mädchen zum Tanzen auf. Sie glaubt, man hält sie für einen Mann.«
»Und Gaya hat sie nicht erkannt?« frage ich. »Sie hat mich für sie gehalten.«
»Sie hat sich die Haare färben lassen«, sagt Dick. »Und mit der Halbmaske ist es schwer. Darf ich Sie um den nächsten Tanz bitten?«
»Stellen Sie mir lieber Ihre Schwester vor«, bitte ich und gurre, so sehr ich kann. Ich habe Mädchen irrsinnig gerne.
Er sieht mich unverhohlen entsetzt und voller Mißbilligung an. Pfui, wie blöd so ein Mann ist. Ich drücke ihm zärtlich die Schulter.
»Bitte, Dick. Ich heiße Frances.«
Unwillig geht er los. Flo sieht entzückt aus darüber, mich in

ihrer Falle gefangen zu sehen. Sie muß es Dick eingebleut haben, der sich mir zuwendet und sagt:
»Mein Bruder Johnny. Johnny, das ist Frances. Sie möchte dich kennenlernen.«
»Freut mich, Sie zu sehen ...«, sagt Flo-Johnny zu mir und betrachtet mich zärtlich.
Wir drücken einander die Hand. Als ich sie sehe, begreife ich, warum Dick ihre männliche Verkleidung nicht schätzt. Kinder, die falschen Brüste meiner Mutter sind nichts gegen ihre echten. Das Komische ist: sie scheint von meinen Reizen ganz durcheinander zu sein. Noch eine, die meint, sie sei eine neue Sappho. Nicht auszuhalten. Bei näherem Gebrauch wird sie schrecklich enttäuscht sein.
Ich tanze einmal mit ihr und verlasse sie, nachdem ich ihr mein Interesse bekundet habe; dann lasse ich mich von einem guten Dutzend Jungen auffordern, echten diesmal. Gaya ist wütend, für ihren Geschmack bin ich allzusehr umlagert ... sie geht so weit, daß sie den armen Dick Harman anbrüllt. Sie glaubt noch immer, ich sei die Schwester Flo, und der Unglückliche wagt nicht, sie eines anderen zu belehren. Die echte Flo-Johnny folgt mir auf die Tanzfläche, und sooft ein Junge mich auffordert, verzieht sie die Nase ... Ich amüsiere mich wie ein kleiner Irrer und wackle ab und zu mit dem Becken – eine schamlose Anleihe bei unserer lieben Betty Hutton, die weiß, was es heißt, sich im Stil des Jahres 1890 in den Hüften zu wiegen. Endlich, gegen drei Uhr morgens, gelingt es Flo, mich am Schlafittchen zu packen. Es gibt bereits nicht wenige fest zusammengefügte Paare, und andere stehen kurz davor, sich wegen partieller Trunkenheit aufzulösen. Gaya hat die Hoffnung aufgegeben, als Mann durchzugehen. Sie tanzt mit einem ziemlich miesen Kerl; er ist nicht kostümiert. Ich kenne ihn nicht und frage mich, was sie an ihm findet. Während Flo sich an mich drückt und versucht, mich durch verstohlene Anspielungen auf meine verwirrenden Reize an ihrer Erregung teilnehmen zu lassen,

überwache ich unauffällig Gaya. Man sollte meinen, der Kerl habe sie völlig in seiner hohlen Hand; sie schlägt die Augen nieder, wenn er zu ihr spricht, und sagt Ja mit dem Schmollmund eines geschlagenen Säuglings. Komisch.
»Na«, fragt Flo, »ist es Ihnen egal, was ich da sage?«
»Verzeihung!« antworte ich – weil ich an etwas ganz anderes dachte.
»Ich habe Sie gefragt, ob Sie möchten, daß ich Sie nach Hause bringe; Sie haben gefragt, warum, und ich habe Ihnen gesagt, warum.«
»Warum?« wiederhole ich.
»Weil Sie mir sehr gefallen… körperlich«, sagt Flo-Johnny zu mir.
Ich grinse, aber innerlich. Nach außen mache ich ein sehr verwirrtes Gesicht.
»Sagen Sie doch nicht solche Sachen«, antworte ich. »Kapieren Sie nicht, daß ich genau weiß, daß Sie ein Mädchen sind?«
Das erregt sie noch heftiger.
»Aha, Sie wußten es«, sagt sie.
Und ihre Hand liebkost sanft eines meiner üppigen Attribute… eines der Attribute meiner Mama, müßte ich sagen.
»Ja«, sage ich, senke die Augen und schlage sie sogleich wieder auf.
Ich versuche, wollüstige Gesichtszüge anzunehmen. Das ist Schwerarbeit, kann ich Ihnen versichern. Vor allem, weil ich mir viel lieber auf die Birne schlüge, daß sie platzt.
»Und … was erwidern Sie auf meine Frage?« fragt sie und atmet rascher.
Ich betrachte sie. Ein wunderbares Mädchen, trotz ihres albernen Kostüms. Sie hat saphirblaue Augen und einen fleischigen Mund mit den schönsten Zähnen der Welt, ein Oval mit Grübchen, einen schön runden Hals … die Beine sind Spitze. Was das übrige betrifft, so verdeckt diese Idiotie von Louis XV-Kostüm alles. Meine Güte… sie wird in ihren

unreinen Lüsten enttäuscht werden, aber es wird mir schon gelingen, sie zu trösten ...

»Ich möchte, daß Sie mich nach Hause bringen, aber ich kann jetzt nicht aufbrechen. Ich muß noch ein Weilchen bleiben. Wollen wir uns in zwanzig Minuten an der Gartentür wieder treffen?«

»Freilich!« haucht sie mit kraftlosen Beinen.

Die Platte läuft aus.

»Bis gleich«, sage ich und drücke ihr zärtlich die Hand.

Und dann laufe ich in aller Eile auf die Tür zum Vorraum zu, durch die Gaya soeben mit ihrem Tänzer verschwunden ist.

Ein Kerl, der mir nicht gefällt, wie gesagt. Ich will mir das aus der Nähe angucken.

Drittes Kapitel

Das Haus von Gayas Eltern ist ein hübscher Kasten, schön möbliert, aber auch ganz schön überkandidelt. Einer von den Schuppen, die so gebaut sind, daß sie das ganze Licht aufnehmen (wenn Tag ist, natürlich), und zwar mit Hilfe einer Menge von Winkeln, Veranden und Glaswänden. Das ganze ist fest und dick, weil Washington schließlich nicht Kalifornien ist und weil man im Winter ein kleines Minimum an Schutz braucht. Zum Glück kenne ich den Weg, und ich ahne, daß Gaya in ihr Zimmer im ersten Stock gegangen sein muß. Ich setze den Fuß auf die Stufe und sehe den bereits genannten Kerl, der herunterkommt. Die Dienstboten liegen um diese Zeit im Bett, und Gayas Eltern haben sich eine sicherlich wohlverdiente Ruhepause gegönnt, denn der Beginn des Abends muß mit alten Wracks jeglicher Art reichlich durchwachsen gewesen sein. Schon komisch, daß

dieser Kerl, den ich nie gesehen habe, mit Gaya so intim ist, daß er sie in ihr Zimmer begleitet. Daß er sie in ihr Zimmer begleitet, ist mir schnuppe, aber ich wundere mich, daß ich ihn nie gesehen habe. Als er vorbeikommt, stolpere ich, und wir verheddern uns ineinander.
»Verzeihung!« sage ich, ganz lieb und sanft.
»Untröstlich!« erwidert er.
Er wirft einen scharfen, durchbohrenden und völlig kalten Blick auf mich.
»Ich bin über die Stufe gestolpert«, sage ich.
»Ich sehe«, sagt er.
»Ich kenne das Haus nicht... Und außerdem hab ich ein bißchen getrunken ...«
»Das war falsch von Ihnen«, sagt er zu mir. »Es gibt so viele schnuckligere Sachen.«
»Ich kenne keine«, sage ich, sehr vornehm. »Ich trinke für mein Leben gern.«
»Wie Sie mögen«, sagt er.
Er schweigt. Offensichtlich will er weggehen. Doch in meinem Kleidchen bin ich ganz schelmisch anzuschauen.
»Also dann ... auf Wiedersehen«, sagt er.
Und er geht ganz einfach weg. Ich rufe ihm nach.
»Ist Gaya oben?«
Er bleibt stehen.
»Nein«, sagt er. »Ich glaube, sie ist in der Küche. Sie hatte Hunger. Dort gehts lang.«
Er zeigt mir den Weg. Keine Frage: wo das ist, weiß er auch. Und das ist schon eine sportliche Leistung. Wenn man bei Gaya die Küche finden will, dann muß man seit mindestens zehn Jahren im Hause gewesen sein. Aber Teufel auch, ist das nicht Schminke, was er da auf den Backen hat? Dabei ist er im Smoking.
»Danke schön«, sage ich.
Ich tue so, als wollte ich hingehen, aber sobald er in den Saal zurückgegangen ist, wo getanzt wird, stürze ich wieder ins

Treppenhaus und nehme vier Stufen auf einmal. Ohne zu klopfen, trete ich ein. Es ist fast hell drinnen, im Badezimmer ist die volle Beleuchtung an, und aus der halboffenen Tür kommt so viel Licht, daß man ohne Sonnenbrille ein Buch lesen kann. Ich gehe bis zum Badezimmer. Dort sitzt Gaya auf einem Stuhl, groggy im Gesicht, auf den Lippen ein blödes Lächeln. Sie ist blaß, spitznasig.
»Gaya!« sage ich mit meiner normalen Stimme. »Bist du krank?«
Sie blickt mich durch einen Nebel an.
»Wer … wer ist da?« fragt sie.
»Francis«, sage ich. »Francis Deacon.«
»Flo ist das! …«, seufzt sie. »Flo mit der Stimme von Francis … Der Streich geschieht mir recht. Wirklich gelungen.«
Sie fängt zu lachen an – lacht, daß man davon krankwerden könnte.
»Gaya … was hast du?« frage ich.
»Geschieht mir ganz recht«, wiederholt sie mit teigiger Stimme.
Ich gehe zu ihr und ohrfeige sie ein paarmal schwungvoll, damit sie zu sich kommt. Ich werfe einen Blick ins Waschbecken. Nein, krank ist sie nicht. Sie hat nicht getrunken. Sie riecht nach nichts. Weder nach Alkohol noch nach Marihuana.
»Laß mich in Ruhe«, sagt sie.
Ich gucke sie mir aus der Nähe an. Ihre Nase ist spitz, und ihre Augen sind wie Nadelspitzen. Die Pupillen völlig zusammengezogen. Das bringt mich auf etwas. Ich blicke mich um. Nichts. Eines ihrer Handgelenke ist aufgeknöpft. Ich schiebe ihren Ärmel hoch.
Alles klar, ich habe begriffen.
Im Augenblick ist da nichts zu machen. Sie in ihr Bett pakken. Sie ihren Stoff verdauen lassen. Morphium oder was anderes.
Denn genau das hat sie am Arm: gut zehn kleine Punkte, rot,

braun oder schwarz, je nach Alter. Ein ganz frischer ist darunter. Auf der Haut perlt noch ein Tröpfchen Blut.
Bitte sehr. Ein siebzehnjähriges Mädchen. Gebaut wie eine Venus von Milo mit Armen – vielleicht mögen Sie sowas nicht, aber dann mögen Sie ganz bestimmt auch keine wohlausgewogene schöne Stute – ein Mädchen mit Schenkeln, Brüsten und einem Körper, wie man sie nicht zu Dutzenden findet, und einem schönen slawischen Kopf, etwas flach, mit schrägstehenden Augen und ganz krausen blonden Haaren. Und darüber hinaus ein Mädchen, das was an den Hacken hat. Siebzehn ist sie; ist *so* und läßt sich Morphiumspritzen verpassen von einem Burschen, der wie ein fünftrangiger Zuhälter aussieht … und noch dazu geschminkt ist. Ich kann Ihnen sagen. Die kapieren nicht. Ich packe sie und stelle sie auf die Füße.
»Mach schon, du Dusseltier«, sage ich zu ihr.
Ob jemand reinkommt, ist mir total schnuppe. Ich bin als Weibchen verkleidet, vergessen Sie das nicht … ist doch nichts Schockierendes dran, wenn man sieht, wie eine alte Freundin eine andere alte Freundin aufs Bett legt, weil sie ein bißchen über den Durst gepichelt hat.
Wenns bloß das wäre. Eines Tages, Gayachen, werd ich dich besuchen, und dann wirst du was von mir zu hören kriegen, das versprech ich dir. Ich ziehe ihr die seidene Bluse und ihre engsitzende kleine Weste aus – ich weiß nicht mehr, wie man das in Frankreich nennt. Hat sich das Dusselchen doch eine Binde um die Brüste geschlungen, damit das ganze weniger Platz wegnimmt. Naja … im Grunde kann ich da nichts sagen. Ich hab mir falsche angehängt. Ich ziehe ihr das Samthöschen und die Seidenstrümpfe herunter. Jetzt ist sie im richtigen Aufzug für die Musterungskommission. Sie torkelt, und ich muß sie stützen, damit sie sich nicht die Schnauze aufschlägt. Noch nicht sehr dran gewöhnt.
Ich decke ihr Bett auf und stopfe sie hinein, so wie sie ist.
»n Abend! … Flo …«, sagt sie noch.

Ausgezeichnet. Morgen wird sie schwören, daß Flo sie zu Bett gebracht hat.
Ich küsse sie heftig auf die rechte Brust, damit sie ein schönes Abzeichen aus Lippenstift bekommt. Wenn sie das beim Aufstehen sieht, wird ihrs bestimmt peinlich sein. Weiter gehe ich nicht, denn mag sie noch so bewußtlos sein, ich würde ihr schon noch etliche Höflichkeiten antun. Aber bei Lichte besehen, lohnt es nicht. Draußen wartet die echte Flo auf mich, und die ist ganz klar bei Sinnen. Bei Gayas Zustand könnte mans genauso mit einem Stuhl tun. Und außerdem hindert mich mein Kleid, und ich stünde blöde da, wenn jemand hereinkäme.
Und naja und naja, auf Süchtige steh ich nicht, ob sie nun Gaya heißen oder anders.

Viertes Kapitel

Ich gehe wieder durch den Saal. Noch einige todmüde oder betrunkene Paare, Gayas Freunde. Die anderen, die netten kleinen Mädchen und die braven kleinen Jungen, sind längst mit ihren Eltern oder mit ihrem Chauffeur wieder weggefahren. Ich gehe hinaus. Flo steht hinten am Ende des Gartens.
»Den Chauffeur habe ich weggeschickt«, sagt sie. »Ich fahre Sie selber, meine kleine Frances.«
Ich nehme ihre Hand und drücke sie sanft. Das bringt sie in sämtliche Zustände.
»Steigen Sie rasch ein«, sagt sie.
Ich steige ein. Einen hübschen Wagen hat sie. Sie fährt mit einer Hand, die andere hat sie um meine Schultern. Wenn sie bloß ein bißchen weniger stumpfsinnig wäre, würde sie sich vielleicht sagen, daß meine Schultern für ein Mädchen eine

Nummer zu breit sind. Ein Beweis dafür, daß sies mit Mädchen noch nicht sehr gewohnt ist. Sie muß den Kinsey-Report gelesen, muß sich gesagt haben, daß alle Männer Ferkel sind, und sich dann dazu entschlossen haben, sich den Freuden der unnatürlichen Liebe mit einer Person des eigenen Geschlechts hinzugeben, sanft und zart und als Umgang ungefährlich.
Ihr Schlitten hält vor meinem Haus an. Die Leute, die sehen, wie wir zusammen hinaufgehen, werden sich sagen, daß der kleine Francis auch nichts ausläßt ... denken Sie nur ... zwei auf einmal ... Denn natürlich kommt sie mit mir herauf.
»Ich bringe Sie bis zu Ihrem Zimmer«, sagt sie zu mir. »Ich bin sicher, daß Sie ein wunderschönes Zimmer haben.«
Wenn sie nicht sofort merkt, daß mein Zimmer ein Männerzimmer ist, dann deshalb, weil sie auch Männerzimmer nicht sonderlich gewohnt ist. Diese widersprüchliche Überlegung mißfällt mir keineswegs. Ich öffne meine Handtasche – sogar eine Handtasche habe ich –, nehme meinen Schlüssel heraus und gehe als erste(r) hinein. Sie folgt mir, und ich mache die Tür wieder zu.
Aber jetzt! Sie hälts nicht mehr aus. Sie umschlingt mich von hinten, und ihre Hände krallen sich um Mamas falsche Brüste. Wirklich schöne Imitationsarbeit, wie gesagt. Wenns meine eigenen wären, ich würde heulen wie ein Verdammter. Sie küßt mich auf den Hals und zittert von Kopf bis Fuß. Arme Flo. Ist diese gräßlichen Perversionen nicht sehr gewohnt. Ich mache mich los. Wir gehen von Zimmer zu Zimmer, und ich mache jeweils das Licht an und wieder aus. Da ist mein Zimmer: ich biete ihr einen Stuhl an.
»Legen Sie Ihren Mantel irgendwo ab, Flo«, sage ich mit gebrochener Stimme zu ihr. »Ich hole Eis.«
Ich finde Eis und komme zurück. In meinem Zimmer sind Getränke. Als ich an dem Schalter im Wohnzimmer drehe, aus dem ich gerade gekommen bin, merke ich, daß alles dunkel ist, ich sehe nichts mehr.

Ich taste mich in mein Zimmer und stelle das Tablett auf den Tisch. Ich kann mir schon ungefähr denken, was passieren wird, und klammheimlich mache ich ein paar Schnallen an meinem Kleid auf. Es ist leichter aus- als anzuziehen. Schon mal ein Glück. Während ich noch herumhantiere, höre ich Geräusche aus der Gegend meines Bettes. Das stört mich beim Ausziehen meines Hüfthalters. Als ich beim Büstenhalter angelangt bin, grinse ich herzlich, aber in aller Stille. Ich beschließe, ihn anzubehalten, als einziges.
Schüchtern gehe ich auf das Bett zu. Das Licht von der Straße erhellt das Zimmer nur sehr wenig, denn die Vorhänge sind zugezogen. Ich räuspere mich.
»Flo...«, sage ich halblaut. »Sind Sie da? Fühlen Sie sich nicht wohl?«
»Nein ...«, sagt sie schwer atmend. »Ich mußte mich langlegen.«
Ich tappe in einem Haufen Klamotten herum, und das bringt mich darauf, für welchen Aufzug sie sich zum Langlegen entschieden hat. Ein echter Turn-Aufzug – für nachher, wenn man duscht.
Los. Nicht so lange gezögert. Diese kleine Flo hat wirklich sehr hübsche blaue Augen.
Saphirblaue, wie ich sie gerne habe.
Sie muß auf dem Bett ausgestreckt liegen, ich sehe das unbestimmte Weiß ihres Körpers. Ich trete näher. Kaum bin ich in Reichweite ihrer Hand, da packt sie mich schon, und zwar so, daß ich auf das Bett falle.
Uff. Noch ein bißchen mehr, und sie hätte mich so erwischt, daß sie den Schwindel kapiert hätte. So, jetzt gehts wieder. Ich lege ihre Handgelenke um meinen Hals. Ich sitze auf dem Bett, die Beine draußen, sie liegt halb aufgerichtet da. Ich drücke mich an sie... immer noch wegen der falschen Brüste, sie soll ruhig was für ihr Geld haben ...
»Zieh ihn aus ...«, sagt sie fiebrig.
Diesmal kostets mich Mühe, vor Lachen nicht zu explodie-

ren. Ihre Hände fummeln an der Schlaufe des Büstenhalters. Und dann reißt sie alles herunter.
Jetzt heißt es handeln. Sonst ist es zu spät. Ich schmeiße das Utensil weg, klebe meinen Mund auf ihren und lege mich der Länge nach flach auf sie.
Es klappt. Sie scheint auch Jungens zu mögen.
Und sie scheint auch zu wissen, wie man es macht, damit sie sich wohlfühlen und wie man sie zu den passenden Stellen lenkt.

Fünftes Kapitel

Gut eine Woche liegt all das zurück, und ich erwache an einem schönen Frühlingsmorgen, mitten im Juli, und das ist nicht so unwahrscheinlich, wie es sich anhört, denn Frühling ist auch eine Eigenschaft, und nichts spricht dagegen, daß ein Frühlingstag auf einen x-beliebigen Tag des Jahres fällt. Ich habe ein paar Briefe bekommen. Machen wir sie auf! Der erste bietet mir Lehrgänge in Psychoanalyse zu einem lächerlich günstigen Tarif an. Der zweite erinnert mich daran, daß die Detektivschule von Wichita, Kansas, in der ganzen Welt nicht ihresgleichen hat, und der dritte ist eine Heiratsanzeige. Wer heiratet? Meine gute Freundin Gaya. Und der glückliche Auserwählte ist ein gewisser Richard Walcott.
Na gut. Ich greife zum Telefon. Sie ist zu Hause.
»Hallo, Gaya? Francis Deacon am Apparat.«
»Ach, Francis!« sagt sie.
Nur das sagt sie, und zwar in süßsaurem Ton.
»Du heiratest, Gaya?«
»Ich … ich erklärs dir, Francis, aber nicht am Telefon«, antwortet sie.

»Gut«, sage ich. »Bist du schon aufgestanden?«
»Ich ... ja ... aber ...«
»Ich komme«, sage ich. »Du wirst mirs erklären.«
Ich sehe nicht, warum ich mich nicht ein bißchen um Gaya und um ihre Hochzeit kümmern sollte, wenn mir das Herz danach steht, oder? Immer habe ich mir vorgestellt, daß ich für Gaya einen Mann finden würde. Deshalb wurmt es mich ein bißchen, daß ich von dem schon erwähnten Richard Walcott nie habe reden hören. Vor allem die Fresse von diesem Richard Walcott möchte ich gerne sehen. Weil: wenn ich es Gayas Eltern überlasse, sich mit der Heirat ihrer Tochter zu befassen, dann gibt das ein wahres Verbrechen; beiden ist das restlos egal, und nie sind sie da. Und jetzt werden Sie die hinterhältige Nützlichkeit dieser Überlegungen feststellen: Sie haben nichts gemerkt, und ich bin angezogen.
So macht man das.
Ich gehe hinunter, Wagen, Straße, Anhalten, Treppe.
»Guten Tag, Gaya.«
»Francis«, sagt sie.
Wir sind in ihrem Zimmer, das mit der verrückten Schlichtheit eingerichtet ist, wie dieses liebe Mädchen sie liebt; alles in Weiß und Gold, und auf dem Boden liegt ein Meter Teppich – ein Meter dicker Teppich, wohlgemerkt.
»Wer ist das, Richard Walcott?« frage ich sie.
»Den kennst du nicht, Francis.«
Sie sitzt vor ihrer Frisierkommode in einem Ding aus Goldfäden und kremfarbenem Satin, das ganz schön lecker ist. Sie poliert sich die Nägel mit einem in Chrom gefaßten Zebuleder. Das kann weder den einen noch dem anderen wehtun.
»Wann stellst du mich vor?« frage ich.
»Francis«, erwidert sie und blickt mich an, »was kann dir das denn ausmachen?«
Ich blicke sie meinerseits an, und sie wendet die Augen ab. Gaya sieht heute nicht ehrlich aus. Das schöne Pferd ist ein

lasterhaftes schönes Pferd geworden, scheint mir. Ich trete näher.
»Gib deine Hand, du Schöne«, sage ich. Demonstrativ streife ich ihren Ärmel hoch und umfasse das Handgelenk genau da, wo Einstiche sind. Und dann lasse ich den Ärmel wieder herunter und gebe ihr den Arm zurück. »Wenn du mich nur liebst, mein Kätzchen, ist es gut«, sage ich und blicke erneut durch ihre Netzhäute hindurch. »Zieh dich an, wir fahren bei Richard vorbei und holen ihn zum Mittagessen ab.«
»Aber ... ich soll ... ich sollte mit ihm und einem seiner Freunde zu Mittag essen ...«
»Seinem Anstandsknaben, vermute ich«, sage ich.
Sie bejaht.
»Na also, gut«, sage ich nochmals. »Du wirst mich als deinen Anstandsknaben vorstellen, und wir werden zu viert eine schöne kleine Fresserei veranstalten. Los, komm schon!«
Ich packe sie unter den Achseln und stelle sie auf die Füße, und dann schmeiße ich ihr wollüstiges Negligé in alle vier Himmelsrichtungen des Zimmers; sie sieht bekümmert aus, ein bißchen so, als würde sie gleich zu weinen beginnen und mir alles sagen ... aber sie fängt sich wieder.
Dieses Mädchen in *dem* Aufzug, das ist ein Anblick!
»In welchem Schubfach sind die Büstenhalter?« frage ich sie.
»Ich ziehe nie welche an«, antwortet sie verärgert. »Findest du, daß ich das brauche?«
»Keineswegs«, sage ich. »Aber Dinger wie die, die hebt man unter Glasstürzen auf. Du solltest welche mit Gitterstäben tragen.«
Sie lacht.
»Ich mag dich, Francis«, sagt sie.
Sie wirkt etwas entspannter. Ich helfe ihr beim Anziehen, nur so, unter Kumpeln. Das war das Tolle an Gaya; manchmal war sie ein echter Kamerad. Ich bin nicht verliebt in sie, aber ich mag nicht, daß man ein Dreckstück – oder Schlimmeres – aus ihr macht.

Ich erzähle ihr einen Haufen Schnurren, und sie lacht die ganze Zeit. Sie bürstet sich die krausen Haare vor einem Spiegel, der den ganzen Raum zwischen den beiden Fenstern einnimmt, sie pappt sich ein bißchen Lippenrot auf, sonst nichts, sie schnappt sich eine Handtasche und Handschuhe, und vor der Zimmertür bleibt sie ruckartig stehen.
»Es ist nicht Mittagessenszeit«, sagt sie.
»Das macht nichts«, sage ich, »komm trotzdem auf eine Runde mit.«
Sie zögert.
»Versprichst du mir, daß du keine Scherze machen wirst, Francis?«
»Was für Scherze?« frage ich unschuldig und ehrlich zurück. »Ich will dich auf eine Runde mitnehmen, und pünktlich werden wir an der Stelle sein, wo du mit deinem Verlobten verabredet bist. Ehrenwort.«
Mit einer Armbewegung schickt sie all ihre Befürchtungen zum Teufel und stürmt ins Treppenhaus. Mit zwei Riesenschritten gehen wir durch den Türvorbau hinunter, und sie sitzt im selben Augenblick im Wagen, als ich anfahre.
»Wir werden in irgendeinem Schuppen an der Straße Austern futtern und Milch trinken«, sage ich.
Unter uns: ich stelle mir vor, daß eine Milchkur ihr nicht schaden könnte. Das entgiftet, scheints. Und ist voller Vitamine. Und wird von der Regierung überwacht.
»Warum heiratest du, Gaya?«
Sie zuckt die Achseln.
»Sprich von was anderem, Francis. Das verstehst du nicht.«
Ich lege ihr einen Arm um die Schultern.
»Wenns dich so sehr juckt, mein Gayalein«, sage ich zu ihr, »so abstoßend bin ich doch nicht, oder?«
Sie legt den Kopf auf meine Schulter. Sie hat eine Kleinmädchenstimme. Lieb ist sie, die Gaya. Eine echte Närrin, aber sie ist jung, das wird sich geben.
»Francis«, sagt sie, »ich werd aus all dem selber nicht mehr

schlau. Sprich von was anderem ... das ist unwichtig. Das kommt schon in Ordnung.«
Die Straße ist schön, alles voller Blumen und Schlitten, was beweist, daß es wirklich ein Frühlingsmorgen ist; ein weiteres Argument zur Erhärtung meiner einleitenden Darlegung.
Wir verbringen zwei wirklich sympathische Stunden in einer sehr schlichten Pinte, wo man ein Sechstel von dem zahlt, was man im Jager, in Washington, gezahlt hätte, und trotz einiger neuer Versuche ist es mir noch nicht gelungen, aus Gaya etwas herauszuholen. Sie ist verschlossen wie ein Safe in der Bundesbank; wer sie zum Sprechen bringen will, muß gerissener sein als ich - was mich zu dem Schluß bringt, daß es unmöglich ist. Denn die Vorstellung von jemand, der gerissener ist als ich - mag ich nicht.
Es wird später, und Gaya ist gar so fröhlich denn doch nicht mehr. Sie blickt auf ihre Uhr, sie ist nervös, sie blickt auch mich an, und zwar nicht zärtlich. Ich vermute, der Zeitpunkt ihrer Dosis rückt näher... Ich bin sanft und reizend, wir steigen wieder in den Wagen. Je näher wir der Stadt kommen, desto ruhiger und fieberhafter zugleich wird sie. Sie ist künstlich erregt, ein unschöner Anblick.
»Du mußt mich führen«, sage ich.
»Du weißt, wo es ist«, antwortet sie. »Wir sind im Potomac verabredet.«
»Im Klub?«
»Ja«, sagt sie.
Ich begreife. Der Potomac Boat Club liegt, wie der Name besagt, am Potomac, mitten in Washington, in der Nähe der Francis Scott Key-Brücke. Es ist ein sehr snobistischer guter kleiner Klub, und der Trick mit dem Boot scheint mir in Sachen Drogen durchaus angezeigt.
»Essen wir dort?« frage ich.
»Wir drehen eine Runde auf dem Wasser und essen dann«, antwortet sie.

»Ausgezeichnet«, sage ich.
Ich drücke auf die Tube. Beinahe wäre ich in eine Straßenbahn hineingefahren. Das wäre schade gewesen, denn die Washingtoner Straßenbahnen sind unvergleichlich ... sie sind riesengroß und völlig geräuschlos, und wenn Sie je durch ein Kuhdorf namens Belgien kommen (in Europa, wies scheint), dann werden Sie verstehen, warum ich Wert darauf lege, Straßenbahnen wie die Washingtoner auf der Welt zu erhalten. Und da sind wir am Potomac. Ich stelle den Wagen ab, wir steigen aus, ich folge Gaya, sie läuft schnell, so als wollte sie mich abhängen – aber den Potomac Club kenne ich.
Sie geht zu zwei Burschen an einem Tisch in der Bar des Klubs. Als ich die sah, hätte ich fast meine Backenzähne verschluckt.
Denn einer der beiden ist der, dem ich begegnet war, als er aus ihrem Zimmer zu Hause kam. Der Geschminkte. Was? Das ist ihr Verlobter? Nein ... Die Vorstellung belehrt mich eines anderen. Der andere ist Richard Walcott. Also ob der sich auch schminkt, weiß ich nicht, aber ich kann Ihnen versichern, das ist auch so eine ...Und zwar eine stattliche. Eine echte Irre erster Größe. Ich habe Mühe, nicht laut herauszulachen. Vorstellung. Ich drücke nicht die Hand, die sie mir reichen, das muß voller Schönheitskrem sein. Und die Stimme, die die haben ... Tanten, echte Tanten. Sowas wird doch wohl nicht Gaya heiraten! ...
Ganz kurz darauf steht Gaya ungeduldig auf, und wir folgen ihr alle zu dem rot-weißen Chriscraft, das an der Anlegebrücke schaukelt. Die Sonne knallt hart herunter, und das Wasser flimmert, daß es einem die Augen zerfetzt. Die Fische tun mir leid. Ist das ein Leben!
Als wir gerade ablegen wollen, dreht sich Gaya zu mir um. »Francis, Süßer«, sagt sie, »ich habe meine Handtasche in der Bar vergessen. Bist du so lieb und holst sie mir?«
Bittesehr. So springt man mit einem Mann um. Und der gute

Francis holt die Handtasche, während die kleine Gaya sich ihr Morphium einspritzen lassen wird.
»Ich geh schon, Gaya«, sage ich.
Im Augenblick will ich nichts übers Knie brechen. Ich gehe in die Bar zurück. Nichts auf dem Tisch.
»Meine Freundin hat ihre Handtasche vergessen«, sage ich zu dem Barkeeper. »Haben Sie die nicht gesehen? Sie wissen schon, die große Blondine von eben!«
Er blickt mich an. Er scheint sich über mich lustig zu machen.
»Ihre Freundin hatte ihre Handtasche, als sie hinausging«, sagt er. »Sie hat mich um Streichhölzer gebeten und hat sie hineingetan. Eine schwarz-rote Wildledertasche.«
»Ja«, sage ich. »Entschuldigen Sie. Das muß ein Scherz sein.«
Ich laufe hinaus, und als ich ankomme, ist das Chriscraft weit weg.
Sehr gut. Beim nächsten Mal misch ich wieder mit. Und das nächste Mal ist jetzt. Denn vor mir entdecke ich plötzlich die Silhouette meines Bruders Ritchie. Mit Joan und Ann, die zwei hübsche Bienen sind. Da haben wir den rächerischen Zufall. Was wollen Sie denn, wir sind auch Snobs.
»Hast du dein Boot, Ritchie?«
»Ja«, sagt er. »Frisch ausgestiegen. Ich habe es gerade in den Schuppen zurückgebracht.«
»Gut«, sage ich, »ich werds mir von dir borgen. »Den Schlüssel zu deiner Box.«
Er reicht ihn mir.
»Paß auf deinen Blutdruck auf, Francis«, sagt er zu mir. »Du siehst geschwollen aus. Fall in diesem Zustand nicht ins Wasser.«
»Danke, alter Junge ...«, sage ich zu ihm, ohne mich umzudrehen, und flitze zu der Box.
Das rot-weiße Chriscraft ist gerade hinter der Drei Schwestern-Insel verschwunden. Aber Ritchies Boot fährt ein ganz klein wenig schneller ... Er hat es einem Verrückten abge-

kauft, dem es Spaß machte, vom Trampolin zu springen, durch Ziegelmauern zu stoßen und alle sonstigen ähnlichen Scherze zu machen. In zehn Schraubenumdrehungen werde ich Gaya eingeholt haben.

Der Motor ist noch warm und springt bei der ersten Vierteldrehung an. Nebenbei bemerkt: das Boot meines Bruders heißt *Kane junior*, niemand hat mir je sagen können, warum, übrigens habe ich nie irgendjemand danach gefragt. Ich hocke mich hinters Lenkrad und gebe Saft. Und was für einen Saft. Ich hab das Gefühl, ich drücke den Sitz durch, so hart zisch ich los ...

Für das, was ich vorhabe, bin ich wirklich nicht gerade richtig angezogen. Aha! ... Im Bugkasten ist eine Öljacke, die wird mir passen wie angegossen. Ohne den Knüppel loszulassen, greife ich sie mir und ziehe sie mir schlecht und recht an. Schon besser. Ich beschleunige noch mehr. Mit einer schönen Kurve komme ich hinter die Insel. Wo ist das Chris? So so! ... da hinten, gestoppt ... Es fährt wieder los. Es scheint zurückzukommen. Sie müssen angehalten haben, damit Gaya sich ihre Spritze verpassen lassen konnte.

Ich sage mir schlicht, daß eine kräftige Dusche den beiden Tunten nicht schaden wird, und ich ziele. Sorgfältig. Dem Kerl, der Ritchie das Boot verkauft hat, machte es, wie gesagt, Spaß, durch Ziegelmauern zu stoßen. Und ein Chriscraft ist nicht mal aus Ziegeln.

Ich werde es von vorne angehen. Sie werden Zeit haben, sich ans Schwimmen zu machen.

Ein paar Zuschauer werden das ganze vielleicht komisch finden, aber um Zufälligkeiten soll man sich nicht kümmern ...

Es dröhnt, meine Eierschale stellt sich über dem Wasser auf. Zehn Meter von dem Chriscraft entfernt nehme ich das Gas weg.

Rrrrums ... das Blech und der ganze Kasten wird zerfetzt, beinahe wäre ich mit der Birne gegen das Halbdeck geknallt, und ich nehme so viel Suppe an Bord, daß ich fünfzehn

Enten ertränken könnte. Das Chriscraft kippt langsam nach vorne. Meine süße Gaya liegt in der Brühe und Walcott auch und der andere Bruder ebenfalls. Los… seien wir galant. Ich lasse wieder an, mache mich im Rückwärtsgang von dem Craft frei und umkreise es, um Gaya herauszuangeln.
Das muß sie um die Hälfte der Wirkung ihrer Spritze gebracht haben… sie wirft mir einen Blick von nicht gerade alltäglicher Wildheit zu… ich kralle mir das, was ich finde, und lasse alles ins Boot fallen. Die beiden Schminklinge, die werden sich schon einen Reim darauf machen. Das Ufer ist nicht weit. Und es gibt dort einen Haufen ekliger Kieselsteine. Auch ein graues Streifenboot der Flußpolizei ist da. Die muß etwas gehört haben. Jedenfalls werden sie nichts mehr sehen. Das Chriscraft kriecht bereits über den schlammigen Grund unseres nationalen Potomac.
»Na, Gaya«, sage ich. »Läßt man so einen Kumpel sitzen?«
Sie antwortet mir mit etwas Unanständigem und Nichtwiederholbarem.
»Zieh dich aus«, sage ich. »Und zieh diese Jacke an.«
»Bring mich zurück, Francis«, sagt sie mit zusammengebissenen Zähnen. »Bring mich sofort in den Klub zurück. Und sprich mich in deinem Leben nie wieder an.«
Ich packe sie bei den Haaren und drehe sie wieder auf meine Seite. Das Boot wackelt ein bißchen. Ein bißchen zu sehr. Ich drücke sie wieder auf den Boden.
»Das sag ich dir, Gaya: ich mache weiter. Es ist falsch von dir, mit dieser Horde von Hirnrissigen zu verkehren. Woher dein Verlobter kommt, weiß ich nicht, aber gemein ist sie. Laß das alles sausen, dann laß ich dich in Ruhe. Für Rauschgift hast du nicht das richtige Alter, und wenn du Gefühle brauchst, dann solltest du mich lieber anrufen, wenn du nichts zu tun hast.«
Sie feixt, was mich heftig ärgert.
»Laß mich in Frieden«, sagt sie. »Wir sind nicht miteinander verheiratet, und ich bin groß genug, um mich ganz allein zu

benehmen. Kümmere dich um deine eigenen Angelegenheiten.«
In diesem Augenblick stoße ich gegen die Bootsbrücke und steuere mit gedrosseltem Motor auf Ritchies Box zu.
»In dem Blechspind dahinten wirst du Klamotten finden«, sage ich zu ihr. »Zieh dich an und komm. Ich fahre dich zurück. Deine beiden Kumpane gründeln gerade, und du wirst sie erst in acht Tagen wiedersehen: solange brauchen sie dazu, ihre Schnauze zu flicken.«
Sie steht auf und geht hinaus. Sie scheint nicht fest auf den Beinen zu stehen, und ich mache mich bereit, sie zu stützen, aber die elende Eselin hat mich hereingelegt, denn im selben Augenblick, wo ich den Fuß auf den Beton setze, bückt sie sich, packt mein Bein und schmeißt mich in die Brühe, und darin, das kann ich Ihnen versichern, ist genug Öl, die *Queen Elizabeth* von New York nach London fahren zu lassen.
Als ich mich aus dieser Marmelade herausarbeite, bekomme ich eine Beule auf dem Schädel, der man beim Wachsen zusehen kann wie einem kleinen Ballon; ich schließe daraus, daß ich mich beim Fallen geschlagen habe, und fange an, mich auszuziehen, weil ich andere Sachen anhaben will. Zum Glück ist Ritchie etwa genau so groß wie ich, nur daß er Brillen trägt, und das stört in diesem Fall nicht. Auf dem Waschbecken liegt ein alter Seifenrest, nicht gerade luxuriös; ich beseitige das Gröbste von meiner Dieselöl-Schminke, und ich finde eine alte Hose und einen Pullover. Meine Schuhe sind naß, Pech gehabt ... ich ziehe sie aus, entleere sie, ich wringe meine Socken aus und ziehe das ganze wieder an. Angenehm. Ich gehe hinaus und in die Bar des Klubs zurück. Ich trinke einen schönen schwarzen Kaffee mit viel Zucker, ich bin sehr gut in Form.
Ich gehe hinaus. Da steht mein Wagen. Gaya ist verduftet. Wie einfach das Leben ist ... Nein, dieses Miststück! Meine vier Reifen sind platt.

Sechstes Kapitel

Als ich schön gebadet, schön gekremt, schön gesäubert, schön trocken bin und schön gemütlich auf meinem Sofa liege, überdenke ich alles, und ich sage mir, daß diese Geschichte da mit meinen aufgeschlitzten Reifen doch ziemlich gemein ist. Das hat mich um eine halbe Stunde zurückgeworfen, und man hat immer eine halbe Stunde übrig, vor allem, wenn man nichts tut; alles in allem - wenn es Gaya erleichtert, war ich ihr diese kleine Belohnung wohl schuldig.

Ich lese gerade zum zweitenmal einen Krimi, der sanft ist wie sonstwas, wenn man bedenkt, daß man innerhalb von elf Seiten kaum bis zum fünften Mord kommt, und da klingelt das Telefon. Ich strecke den Arm aus und nehme ab.

»Francis? Hier Gaya.«

»Ach nee«, sage ich. »Willst du mir Autoschläuche verkaufen?«

Sie lacht.

»Nein, Francis. Tut mir leid ... Ich war sehr nervös ...«

Wenn sie eines Tages wütend ist, dann wirds komisch. Ich kann meine Motorhaube plombieren.

»Francis ... ich will heute abend ausgehen ... möchtest du mitkommen? Ich hole dich bei dir ab... das würde mir Freude machen ... ööh ... wir müssen uns ja aussöhnen.«

Ich bin platt - wenn man bedenkt, in welchem Zustand ich sie zurückgelassen habe. Aber schließlich und letztlich... sie stand unter der Einwirkung ihres Dreckzeugs. Wir verabreden uns, und ich lege wieder auf ... und möchte gerne wissen, was dahintersteckt. Ich schlage die Zeit mit großen Schlucken Whisky und Zitrone tot, das schlägt sie gut tot. Ich ziehe mich an... wie oft ich mich schon anziehe heute! In meinem nachtblauen Smoking sehe ich allerliebst aus, nie würde man das ölverschmierte schreckliche Scheusal von vorhin erkennen.

Ich nehme meinen dazu passenden Filzhut, und schon bin ich draußen. Eine Minute vor der verabredeten Zeit.
Eine Minute später hält Gaya ruckartig in ihrem Kabriolett vor mir an; ich packe die Kante und springe neben sie, ohne die Tür zu öffnen. Ein Trick, den ich Ihnen empfehle; die zehn ersten Male tut es noch an den Waden weh, und beim elftenmal kann man sich am Türgriff die Kutte aufreißen, aber die Wirkung ist garantiert.
»Wo fahren wir hin?« frage ich.
»Ins Fawn's«, antwortet sie.
»Warum nicht?« sage ich.
Sie ist vergnügt wie hundert Zeisige. Ab und zu wirft sie mir einen Blick von der Seite zu, und wir lachen schallend zur gleichen Zeit. Für drei Jahre würde man uns halten. Für drei Jahre jünger.
Sie kurvt durch allerhand Straßen, aber im großen ganzen erkenne ich allmählich die Gegend, vor allem, als wir am Thomas Circle vorbeifahren, an der Ecke der Vermont und der Massachusetts Avenue. Wir fahren noch weiter Richtung Süden, aber wir bleiben in N. W., und in der Nähe des Farragut Square hält sie vor einem Schuppen an, der nach nichts aussieht. Sie führt mich, ich klebe ihr an den Fersen. Wir betreten einen leeren Saal, im Kellergeschoß ist es, wir gehen eine kaum beleuchtete Treppe hinunter, und da sind wir.
Tja, das hätte mich gewundert. Ich gucke mir die Leute an, die da sind, in so einer Art snobistischer Bar, mit Stuck, Schmiedeeisen, Plastik und Scheinwerfern, und jetzt ist mir alles klar. Sonnenklar ist mir alles. Wenn auch nur eine einzige der braven Frauen, die hier herumhängen, mit einem Mann geschlafen hat, dann bin ich eine Qualle; und wenn einer dieser Burschen da mit dem anderen Geschlecht schäkert, dann war Washington Popcorn-Verkäufer. Das Publikum hier sind Lesben und Tunten ... und mir ist unbehaglich zumute. Übrigens muß ich um der Wahrheit willen sagen, daß im ganzen drei Männer auf ein Dutzend Frauen kommen

... vielmehr: auf ein Dutzend Was-Sie-wollen, denn diese Schwestern da haben kaum einen Namen ...
Da ist wieder Richard Walcott, und da ist wieder sein Helfershelfer - habe ich Ihnen gesagt, daß er Ted Le May heißt? Hübscher Name, was? ... und genauso sieht er aus. Der dritte »Mann« ist vom schönsten Blond, groß und stämmig. Puha, er muß weich sein wie eine Schnecke!
Und die Mädchen ... Sie kennen die Kategorie. Und natürlich sind welche darunter, die zur Krönung des ganzen Brillen tragen. Was ich nicht recht begreife, ist, wieso die Polizei einen Laden wie den da nicht schließt. In Washington ist das einigermaßen überraschend.
Bah ... keine Fragen. Beziehungen.
Der Walcottsche lächelt mir liebenswürdig zu, er sieht nicht aufgebracht aus. Ich vermute, daß sein Chriscraft versichert war. Oder nicht ihm gehörte. Oder daß er Theater spielt. Ich setze mich. Warum, zum Teufel, hat Gaya, diese Eselin, mich hierher mitgenommen? Sie sitzt neben mir. Zwischen uns beiden ihre Handtasche. Ich merke plötzlich, daß die halb offensteht, und ich werfe einen Blick hinein, während ein Weibstück, über das man vor Entsetzen aufheulen könnte, uns Gläser bringt.
In Gayas Handtasche ist ein kleines Bündel Geldscheine ... aber dicke Scheine.
Zweimal braucht man nicht hinzugucken. Sie hat da zehntausend Dollar in Blättern zu einem Meter.
Lässig tue ich das Nötige, und im Handumdrehen ist es in meiner Tasche. Jetzt brauche ich einen Vorwand, fünf Minuten Luft zu schnappen. Ich stehe auf und mime den, der hinausgehen will.
»Wohin gehst du, Francis?« fragt Gaya und hält mich am Arm fest.
»Ich habe meine Brieftasche im Schlitten gelassen«, sage ich.
»Aber du kommst wieder?«
»Klar.«

»Ich begleite Sie ...«, schlägt einer der Jungen vor.
»Ich komme wieder, sage ich doch ...«
In zwei und dann sechs Stufen bin ich draußen. Ich wühle ein bißchen in meinem Werkzeugkasten, dann unter der Motorhaube, und das ist es. Fall erledigt.
Schlagen wir wieder den Weg ins Kellergeschoß ein. Gaya sah ganz schön sauer aus, als sie mich hinausgehen sah. Sie ist immer noch da und sieht mich mit einer gewissen Erleichterung wieder eintreffen.
Wozu dienten diese zehntausend Dollar? Sicherlich dazu, die nächste Lieferung zu bezahlen. Oder welche Erpressung niederzuschlagen?
Wo hat Gaya diese zehntausend Dollar hergenommen?
Alle sind sie da, sie schwatzen. Eine irrsinnig schlichte echte Unterhaltung, worin von allem die Rede ist, nur nicht davon, was normale Leute interessieren kann. Sieh da, der große Blonde hat den Platz gewechselt. Er sitzt jetzt dicht neben mir, etwas zurückgeschoben.
Komisch. Die Atmosphäre ist, sagen wir mal: gespannt.
Jetzt wird über Boote gesprochen und über den Potomac. Und über das Baden im Potomac. Und über ein rot-weißes Chriscraft.
Und Richard Walcott zeigt mir wirklich eine komische Fresse. Ted Le May seinerseits läßt all seine hübschen Manieren fahren. Kein Zweifel. Die beiden sind mir ein bißchen böse.
»Deshalb«, schließt Richard, »haben wir Gaya gebeten, Sie mit herzubringen; und wir sind ihr dankbar, daß sie es getan hat.«
»Verzeihen Sie«, sage ich, »aber ich habe Ihre Beweggründe nicht recht verstanden. Auf ein Chriscraft mehr oder weniger kommt es Ihnen doch nicht an ... bei dem ganzen Drogenzeugs, das Sie verkaufen ...«
Diesen Coup scheine ich wie zufällig zu landen, aber er verbreitet eine ganz schöne Kälte.

Keineswegs wie zufällig dagegen ist der Coup, der auf meinem Schädel landet. Der große Blonde, den ich vergessen hatte. Hat er das mit Absicht getan? Ich weiß es nicht, aber er hat genau auf die Beule gezielt, die ich mir nach meinem morgendlichen Husarenstreich im Fallen zugezogen habe.
Ich dachte mir schon, daß dieser Halunke Muskeln aus Spitzengewebe hat. Einen Punkt stecke ich ein, das ist alles. Und um mich ein bißchen zu zerstreuen, hebe ich den Tisch hoch und haue ihn Walcott ins Gesicht. Diesen Kerl da mag ich nun mal nicht. Mit Vergnügen stelle ich fest, daß es ihm mitten in die Visage fährt. Er wird das Schönheitsinstitut aufsuchen müssen.
Die Bar hat sich sofort geleert. Ich bin allein gegen die Bande.
Gaya sitzt links von mir. Der Blonde zu meiner Rechten ist durch einen kräftigen Schuhtritt ins Kinn ein wenig aus der Fassung gebracht worden. Man könnte meinen, ich hätte was gegen ihre Gesichter.
Ich schnappe Gayas Handtasche. Eine hübsche Finte. Und ich stürme zur Treppe. Wenn man mit dem kleinen Francis fertigwerden will, braucht es mehr als drei.
Auweia. Leider steht auf der Treppe ein neuer Goliath.
Ein entsetzlicher Kerl. Er ist rothaarig, mit spitzem Schädel; er ist behaart, sieht aus wie ein Bär; er wiegt mindestens zweihundert Kilo, und er ist sehr bösartig: man siehts an seinen Schweinsäuglein, die tief in ihrem Speck stecken.
Ich kriege etliche Schläge mit dem Barhocker in die Rippen. Nichts Ernsthaftes. Aber der Dicke, das ist ernsthaft. Es heißt wählen.
Ich entscheide mich. Ich steige wieder die Treppe hinunter. Finte. Jählings drehe ich mich um, schmeiße die Handtasche über den Dicken hinweg, und in dem Augenblick, wo er selber herunterkommt, tauche ich zwischen seine Beine. Gütiger Gott... da komm ich nie durch. Der Bursche hat Schenkel wie Elefantenbeine. Hi! ich stemme ... es geht durch, ist

schon durchgegangen. Er hampelt weg. Ich höre ein Kreischen: Ted muß seinen Freund auf den Fuß bekommen haben.
Ah, jetzt bin ich wieder im Erdgeschoß! Hier gibt es einen kleinen Ärger. Alles, was nach Tür aussieht, wirkt hermetisch verschlossen.
Ich habe die Handtasche aufgehoben. Schauen wir mal, wie es mit dieser Tür ist. Nein, es gibt Eiligeres zu tun! Ich greife mir ein paar Stühle und befördere sie die Treppe hinunter, weil ich mir vorstellen kann, daß das Pack da hochzukommen versucht. Alles geht ziemlich rasch, da kann man nichts sagen. Für Langeweile bleibt keine Zeit.
Mit einem schweren Eichenhocker in der Hand schlage ich auf das Schloß nach außen ein. Es ist Pfuscharbeit. Es gibt nach.
Mein Schädel auch. Ich falle in Ohnmacht.

Siebtes Kapitel

Sie glauben doch nicht etwa, ich bliebe so lange in Ohnmacht, daß sie in Ruhe in der Pinte an der Ecke ein Glas trinken gehen können. Nein. Außerdem haben sie mir eine Flasche Seven-up in den Hals geschüttet, und ich kann Ihnen versichern: das macht wach. Es muß an den Bläschen liegen.
Ich bin unten. Auf dem Boden liegt ein Haufen. Das ist der dicke Rothaarige. Man könnte meinen, daß er sich im Fallen wehgetan hat. Er rührt sich kaum.
Auch Ted Le May ist da, der sich den einen Arm hält, Walcott, der aus der Nase blutet, und Gaya, die nichts sagt.
Der andere große Blonde hat Beschwerden mit dem Kiefer und sieht mich mit dreckigem Blick an.

Abgesehen davon ist meine Birne zermust, und ich bin an einen Stuhl gebunden. Veraltetes System.
»Francis«, sagt Gaya, »wo hast du die zehntausend Dollar hingetan?«
»Was für welche?« frage ich.
Sieh da, wenn ich spreche, tut es weh.
»Die in ihrer Handtasche waren, du Sauhund«, sagt der große Blonde zu mir.
Dazu landet er einen Schwinger auf meine Nase.
Seine Schuld, Pech gehabt: ich spucke ihm ins Auge. Etwas anderes kann ich nicht tun. Er ist nicht zufrieden, und ich bekomme einen zweiten Schlag auf den Dez, aber das macht nichts, ich will auch etwas von der Zuteilung haben.
»Was hat denn der Dicke?« frage ich.
»Er ist ein bißchen lädiert«, sagt Walcott, »und bald wirst dus auch sein.«
»Oh«, sage ich. »Nicht möglich. Sie sind doch viel zu lieb, um mir etwas anzutun.«
»Francis«, sagt Gaya, «wo hast du die zehntausend Dollar hingetan?«
Gaya ist ganz durcheinander. Sie wird einen Anfall bekommen.
»Ich habe sie nicht genommen«, sage ich; »und da ich bald sterben werde, stör mich jedenfalls nicht mit solchen läppischen Geldfragen.«
Peng! Mit dem Stuhlbein kriege ich einen Hieb auf die rechte Backe. Lump. Le May ist das. Mir schwant, daß mein Knochen gekracht hat. Ich spucke rot. Es tut weh.
»Eines jedenfalls kann ich dir sagen«, sage ich. »Wenn ich dahingegangen bin, dann sind die zehntausend Dollar, die ich dir als Hochzeitsgeschenk überreichen wollte, weit weg.«
Jetzt hackts. Das macht das Maß voll. Ein Schuh mitten in die Fresse, mit einem Fuß drin. Walcotts Fuß. Gepriesen sei die Mode mit den dünnen Sohlen. Stellen Sie sich das beim Wintersport vor!

Immerhin blute ich so aus der Nase, daß ein Händler mit koscherem Fleisch seine Freude daran hätte. Bald werde ich so weit sein, daß man mich als Kalbfleisch verkaufen kann. Gaya geht dazwischen.
»Laßt ihn.«
»Denkste«, sagt Richard. »Das Schwein hat einen soliden Schädel.«
»Meinetwegen könnt ihr draufhauen«, sagt Gaya. »Aber er soll mir mein Geld wiedergeben.«
Armes Ding. Was sie sagt, ist gemein, aber sie ist von diesen dreckigen Brüdern derart abhängig, daß sie mir trotzdem leid tut. Ihre Droge muß sie ganz schön in der Gewalt haben.
»Gaya«, sage ich, »bring mich hier raus, und du hast morgen zehntausend Dollar zu Hause. Um welches Geld es geht, weiß ich nicht, aber du warst mein Kumpel, und im Grunde bist du nicht für die Existenz einer Horde von Hirnrissigen wie diesen drei Wahnsinnsweibern verantwortlich.«
Zack! Faul sind die nicht. Sie wissen nicht mehr, wohin sie schlagen sollen, und das rettet mich. Gleich werden sie sich gegenseitig zusammenhauen müssen, wenn sie nach einer heilen Stelle suchen.
Jetzt fällt mir das Sprechen schwer, und ich würde am liebsten kotzen. Zum Jubeln ist mir nicht gerade. Ich strenge mich an.
»Gaya«, sage ich, »ich will diese drei Schlampen um nichts bitten. Wenn du etwas tun kannst, dann tus. Sonst wird mein Brüderchen ausplaudern, was ich ihm über diese Geschichte erzählt habe.«
Ich schäme mich, Ritchie in die Sache hineinzuziehen, weil es nicht sein Bier ist, weil er studiert und weil ich mich selber in diese Zwickmühle hineingeritten habe. Auch weil ich mein Brüderchen liebe und weil ich nicht möchte, daß ihm was passiert. Aber es ist mein einziger Trumpf. Die drei haben eine solche Stinkwut auf mich, daß sie im Begriff sind, aus Rache zehntausend Dollar zu verlieren.

Der Hagel hört auf. Gaya spricht mit ihnen. Ich verstehe nicht mehr viel. Ich werde losgemacht. Ich stehe auf, es geht schlecht. Sie weichen zurück, und das bringt mich zum Lachen, aber nicht lange, denn ich falle in den Sitz zurück, und wenn ich lache, dann ist mir, als öffnete sich mein Mund in drei Richtungen zugleich.
Alles in allem habe ich eine tüchtige Tracht Prügel bezogen. Aber ich möchte gern, daß der dicke Rothaarige aufwacht. Wie ich auf den eingehämmert habe!...
»Rühr dich nicht!« sagt Walcott zu mir.
Ich guck ihn mir an. Er hat einen Ballermann in der Hand. Ich könnte das Risiko eingehen, sicherlich schießt er wie ein Nashorn... aber lieber nicht; wenn er schlecht zielte, brächte er es fertig, mich zu erwischen.
»Danke, Gaya«, sage ich, um die anderen zu ärgern.
»Sag mir nicht danke, Francis. Du hast mir mehr angetan, als du glaubst, und ich hätte sie dich schon fertigmachen lassen ... aber ich habe dieses Geld allzu nötig.«
»Bist du sicher, daß sies dir nicht geklaut haben?«
Ich schneide auf, aber das ist falsch von mir. Es waren noch Stuhlbeine da. Nur: ich stehe jetzt schon fünf Minuten auf den Beinen, und es kribbelt nicht mehr in den Gliedern. Die letzte Backpfeife kam von Ted Le May... mit einem Satz halte ich ihn fest und benutze ihn als Schutzschild gegen Walcott. Schieß ruhig, alter Junge.
Ted mag das nicht. Er zappelt mit den Beinen, aber ich halte ihn hübsch fest. Den Dritten, den großen Blonden, überwache ich aus dem Augenwinkel, und in dem Augenblick merke ich, daß der Rothaarige sich zu rühren beginnt. Alles klar, er ist nicht tot, mehr wollte ich gar nicht wissen... Aber er darf jetzt auch nicht zu schnell wieder aufstehen. Ich packe Ted an Kragen und Gürtel und ziehe dabei, um ihm wehzutun, dann befördere ich ihn mit all meiner Kraft auf Richard hinab. Aus dem Ballermann löst sich ein Schuß, und ein Entenschnattern ist zu hören. Der große Blonde hat dran glauben müssen,

mitten in die Hinterbacke, wunderbar; Herrschaften, der dicke Rothaarige wird immer munterer ... ich flitze zur Treppe. Als ich loslaufe, rufe ich:
»Morgen bekommst du dein Geld, Gaya. Ich versprechs dir.«
Ich komme oben an, zum zweitenmal, und diesmal ist es richtig. Da ist mein Schlitten ... Ich klettere schleunigst hinein. Ich hab tatsächlich nicht gemerkt, daß ich durch die Tür gekommen bin ... ich hatte sie eben schon zertrümmert, kein Irrtum möglich. Den Fuß aufs Gaspedal ... Ich fahre im dritten Gang an, weil ichs eilig habe ... Uff ...

Achtes Kapitel

Ich fahre fünfzig Meter mit voller Pulle und fühle mich langsam wohler, und dann spüre ich plötzlich etwas im Nacken, über meinem Kragen – es ist kalt, und es ist hart. – Und da wird auch schon gesprochen. Was für eine Stimme! ... noch eine Tunte?
»Rühren Sie sich nicht ... drehen Sie sich nicht um. Fahren Sie da weiter ...«
Ich drehe mich nicht um, weil mir schwant, daß das Ding auf meinem Nacken alles andere als gut für meine Gesundheit ist, aber ich bin kein Schieler und werfe einen kleinen Blick in den Rückspiegel. Ach nee ... ich dachte, es sei ein Mann ... aber es ist eine Frau. Oh, schon gut ... mit einer Stimme, naja, und einem Aufzug, naja, das ist mit Sicherheit eine Nichte der Sappho, oder wie sie hieß, die ihre Schweinereien auf griechisch schrieb, damit niemand sie versteht ... immerhin ein Rest Schamgefühl ...
»Was kann ich für Sie tun?« frage ich.

»Ich riskiere nichts«, sagt sie bedächtig. »Aber an Ihrer Stelle würde ich mich um mein eigenes Bier kümmern.«
»Das sagen mir alle«, sage ich, »und dabei bin ich der verschwiegenste Bursche auf der ganzen Erde. Wenn Sie Tom Collins kennten ...«
»Genug geblödelt«, sagt sie zu mir. »Wir spielen hier keinen Film.«
»Bestimmt nicht«, antworte ich ihr. »In einem Film hätten wir einander schon mindestens dreimal geküßt. Und das täte ich, unter uns gesagt, irrsinnig gerne.«
Und paff! kriege ich mit dem Kolben einen Hieb auf den Dekkel. Wenn sie heute abend weitermachen, wird mein Kopf wie ein echter Kürbis aussehen.
»Genug geblödelt, hab ich gesagt, und das wiederhole ich. Und wenn ich etwas sage, dann hab ich es gerne, daß man drauf acht gibt.«
»Sie öden mich an, hübsches Kind«, antworte ich. »Und zunächst mal sind wir einander nicht vorgestellt worden. Wenn Sie mir nicht sagen, wer Sie sind, dann jage ich den Schlitten in den ersten Bullen, dem ich begegne, und dann werden wir ja sehen, wie Sie sich aus der Patsche ziehen.«
Zugleich gebe ich dem Cadillac einen Druck aufs Gaspedal, aber das Dreckstück gibt nicht klein bei, sondern scheuert mir ein paar Watschen hinter die Löffel, daß man glauben könnte, sie wäre Lehrerin bei der Wohlfahrt gewesen.
»Sie sind ein Aas«, sage ich.
»Biegen Sie nach rechts ein.«
Ich weiß nicht, warum ich gehorche. Dort geht es aus der Stadt hinaus.
»Ich werde Ihnen sagen, wie ich heiße. Louise Walcott.«
»Ah! ...«
Ich tue so, als erinnerte ich mich.
»Sie sind die Mutter dieser dreckigen Tunte ...«
Da brülle ich und gehe in die Luft, weil sie mir eine Nadel ins Kreuz gejagt hat. Der Cadillac wackelt, und ich nutze die

Gelegenheit dazu aus, etwas zu versuchen, aber dieses elende Luder hat sowas von Augen!
»Machen Sie Ihre Scheinwerfer wieder an«, sagt sie. »Und versuchen Sie nicht, mich hereinzulegen, indem Sie sich von einem Bullen erwischen lassen, denn ich lege Sie knallhart um, und den Bullen dazu.«
Beschreibung des Mädchens: vorteilhaftes Äußere, brünett, matter Teint, kurze Haare, harter Mund.
Meiner Ansicht nach ist diese Kleine da völlig verdorben. Sie hat zuviel Radio gehört.
»Ich bin Richard Walcotts Schwester«, fährt sie fort. »Und Richard tut, was ich ihm sage. Und daß er sich um die Biene kümmern soll, um die er sich kümmert, das hab ich ihm gesagt.«
»Kann ich mir denken. So wie der aufgetakelt ist, wären dem kleine Matrosen mit Sicherheit lieber.«
»Jeder nach seinem Geschmack«, sagt sie. »Sie jedenfalls können ruhig auf beiden Ohren schlafen, Ihnen wird nie jemand Anträge machen.«
Aha, sie versucht, mich zu ärgern! Na schön, wir werden ja sehen, ob jemand mir welche macht. Vorausgesetzt, daß ich hier rauskomme.
»Ich hab Sie heute abend kommen lassen«, sagt sie, »damit Ihnen ein paar Verzierungen abgebrochen werden. Als ich sah, daß es schlecht ausging, bin ich in Ihren Schlitten gestiegen. Denn gewarnt werden mußten Sie immerhin. Meinetwegen können Sie noch so sehr Francis Deacon heißen, eine kleine Lehre wird Ihnen dennoch sehr nützlich sein. Natürlich werden wir Sie nicht gleich umlegen, und mit der Fassadenschändung hat es sich gut angelassen; vielleicht läßt sich das aber noch verbessern.«
Und darauf haut sie mir auf den Schädel, als wollte sie Sturm läuten. Die gemeine Sau hat den richtigen Augenblick gewählt, mitten in einer Kurve. Ich lasse das Lenkrad los und nehme meinen Kopf in beide Hände, und natürlich rast der

Schlitten in die Kulisse. Zum Glück habe ich in einer Reflexbewegung gebremst, aber ich fuhr zu schnell. Ich hatte nur gerade Zeit, meinen Ellbogen vor mein Gesicht zu tun, um nicht in die Windschutzscheibe zu fliegen.
Es macht einen grauenvollen Krach, als ich in die Auslage brause, und ich zerdatsche Kilometer von Würsten.
Als ich wieder zu mir komme, stelle ich fest, daß die dreckige Ziege abgehauen ist, und daß um meinen Schlitten mindestens vierzig Kerle liegen, und einer davon röchelt lauter als alle anderen. Mit Sicherheit ist das der Inhaber des Fleischerladens. Na schön, ich vermute, daß er versichert ist: ich für mein Teil tue das Gescheiteste und falle für die Galerie in Ohnmacht. Ich werde weggetragen, bequem in einem Krankenwagen untergebracht, und ich sage keinen Piep. Im Kopf dreht sich mir alles, die Sirenen der Bullen, die Rothaarigen, die Tunten, der reinste Cocktail ... ich habe tatsächlich nicht die Schläge gezählt, die ich auf den Schädel bekommen habe ... das, also das gibt mir den Rest ... ich schlaffe wieder echt weg ...

Neuntes Kapitel

Mit Moos läßt sich natürlich alles in Ordnung bringen, sogar ein Cadillac in einer Auslage mit Schweinernem, und schon tags darauf mache ich mir um die Geschichte keine Sorgen mehr. Sie haben feststellen können, daß ich nicht betrunken war, und ich habe den Unfall mit Schmutz erklärt, der mir in dem Moment ins Auge geraten sei, als ich die Kurve nahm. Ich glaube, mein Vaterherz hat Zaster in der Versicherungsgesellschaft, das klärt die Dinge immer. Was sich nicht klärt, ist das, was mir als Schädel dient, auf dem sind mehr Beulen als was anderes, und als ich meinen Hut aufsetze, ist die Wirkung ergreifend, für mich und für diejenigen, die zuschauen. Kurz, da ich meinen Hut nicht in meinem Zimmer aufzubehalten brauche, tröste ich mich und gucke meinem Brüderchen Ritchie zu, der an meiner Bar Highballs zuzubereiten versucht. Ich habe noch nie einen ungeschickteren Kerl gesehen als Ritchie; wenn ich daran denke, daß er Medizin studiert, zittere ich um die Kranken. Ich hoffe, daß er Psychiater wird; in dieser Branche kommen die trübsten Tassen noch immer zurecht, man braucht sich nur einzurichten, und schon ist man behämmerter als der Behämmertste unter den Kranken, die man zu behandeln hat. Schließlich kommt Ritchie mit seiner schwierigen Hantierung zurande, und er reicht mir ein Glas, von dem ich die Hälfte auf mein Hemd kippe. Ich habe eine Entschuldigung; ich trage ein pfundschweres Schnitzel auf dem rechten Auge, und jeder weiß, daß man den Sinn für Entfernungen verliert, wenn man nur auf einem Auge sieht. Jedenfalls finde ich es unangebracht, daß ein Bruder, der jünger ist als man selber, sich auf diese dreckige Weise über einen lustig macht.

»Ritchie«, sage ich, »wenn du dir die Visage so hast zerdeppern lassen wie dein kleiner Bruder, dann wirst du das weniger komisch finden.«

»Hab nicht den geringsten Grund dazu«, antwortet er.

»Schön, Ritchie, aber an deiner Stelle wär ich da nicht so sicher. Tut mir leid, daß ich dich in den Schlamassel hineingezogen habe. Eine vorübergehende Geistesverwirrung.«

Das scheint ihn nicht sonderlich aufzuregen. Im Grunde ist Ritchie ein argloser Bursche. Ich erzähle ihm die ganze Plotte, und er reißt die Gucklöcher so weit auf, daß man den Potomac hineinleiten könnte.

»Alles in allem«, schließe ich, »werden sie mir bis heute abend Ruhe lassen und darauf warten, daß ich Gaya die zehntausend Dollar zurückschicke. Ich denke mir, daß es heiß hergehen wird. Und zwar für uns beide.«

»Und was machen wir mit den zehntausend Dollar?« fragt mein Brüderchen.
Sehr gut, er begreift schnell.
»Die nehmen wir dazu, eine neue Bude zu finden. Und das alles zu kaufen. Denn auf der einen Seite müssen wir gut unterkommen, auf der anderen Seite müssen wir uns tarnen.«
Ich reiche ihm eine Liste, die ich aufgestellt habe, während er den Whisky und das Wasser verrührte. Diesmal werden ihm die Luken mit metallischem Klirren von der Rübe fallen.
»Was willste denn damit machen?« fragt er; »hast du Schnepfen zu unterhalten?«
»Das ist für uns«, sage ich.
»Was denn? Kleider, Büstenhalter und, oh ... Francis, du schnappst über. Niemals werde ich es wagen, das in einem Kaufhaus zu verlangen.«
»Du wirst eine deiner Freundinnen mitnehmen«, sage ich. »Von morgen an heiße ich Diana und du Griselda. Bitte: du kannst auch einen anderen Namen wählen.«
»Francis«, meint er, »du bist plemplem. Sie haben dir zu sehr auf die Birne gehauen.«
»Quatsch«, sage ich, »du willst wohl, daß man dich in kleinen Stückchen wiederfindet. Hör zu. Diese Burschen da sind alles Tunten oder Lesben. Wenn diese Louise Walcott wirklich die Bande anführt, dann kannst du dein Hemd darauf wetten, daß wir keinerlei Chance haben, irgend etwas zu erfahren, wenn wir gewöhnliche Männer bleiben. Was also wird gemacht? Ich schminke mich lieber zu einer Schote. Vielleicht kriegen wir ab und zu eine schöne Belohnung.«
Er überlegt fünf Minuten.
»Im Grunde hast du vermutlich recht«, sagt er. »Aber du liebe Güte, siehst du mich in einem Laden Gummibrüste verlangen?«
Er wird rot bis hinter die Ohren. Wirklich, nee, sehr abgebrüht sind die Medizinstudenten nicht.
»Jetzt mach aber«, sage ich, »und ein bißchen rasch, denn die

da verplempern ihre Zeit nicht, da bin ich ganz ruhig. Ruf Ann an, die wird dir helfen.«
»Darf ich dich fragen, warum du dich in Gayas Angelegenheiten mischen willst?« fragt er, ehe er geht.
»Das ist ne gute Freundin«, antworte ich, »und es ärgert mich zu sehen, daß sie so dusselig geworden ist.«
»Aber dein Job ist das doch nicht. Wenn du nun die Polizei verständigtest?«
»Würde dir das Spaß machen?« frage ich.
»Oh, ich mag die nicht«, sagt Ritchie. »Aber es ist komisch, daß du dich so um sie kümmerst.«
Er blickt mich argwöhnisch an und geht achselzuckend hinaus. Der Ritchie ist doch ein prima Bursche. Und es ist auch ein Glück, daß die Mode wieder zu kurzem Haar zurückgekehrt ist. Aber ich finde es komisch, daß das ganze mit Gayas Kostümball angefangen hat. Ich gucke mir meine Pfoten an. Die Haare sind noch nicht nachgewachsen, gut so ...
Und dann grinse ich ganz allein vor mich hin und denke an die Flappe, die Ritchie beim Chinesen von Mama machen wird, wenn der ihm *seine* Haare entfernen will. Ich richte es so ein, daß ich beim Feixen ungerührt bleibe, denn das sieht mehr nach Sioux aus und ist sicherer für meinen Schädel.
Darüber klingelt das Telefon. So ist es immer, dieser Unglücksapparat verdirbt einem die schönsten Augenblicke. Ich nehme röchelnd ab.
»Hallo«, rufe ich. »Hier ich selber«.
»Francis Deacon?« macht eine Stimme.
Das erkenne ich. Das ist jemand namens Louise Walcott.
»Wer ist am Apparat?« frage ich. »Der Präsident?«
»Keine Blödeleien«, fährt sie fort. »Louise Walcott am Apparat. Und ich telefoniere aus einer Zelle, nichts da mit Bullen, ja? Diese zehntausend Dollar, wann kommen die?«
»Wir kümmern uns drum«, sage ich.
»Wird das vor heute abend fünf Uhr dasein?« fragt sie. »Denn sonst gehts rund.«

»Sie sind ein echtes Miststück«, antworte ich.
Und ich denke wieder an die zehntausend Dollar ... aber beim heiligen Janochmal, sie sind noch immer auf dem Schlitten ... mit Isolierband um die Lenksäule geschnürt.
»Vergeuden Sie Ihre Spucke nicht«, sagt Louise. »Wenn das alles ist, was Sie mir zu sagen haben, dann kann das gekühlt bleiben. Sonst machen wir uns ran. Einen Schlitten hat Sies schon gekostet, und es kann noch weiter gehen.«
»Das macht nie was anderes als einen Schlitten gegen ein Chriscraft«, sage ich. »Noch bin ich der Gewinner, und ich habe die zehn Scheinchen. Nicht vergessen!«
Sieh mal an, man könnte meinen, daß sie jetzt raucht. Ich würde ganz schön losfeixen, aber ich habe Angst, daß mir dabei der Kopf wehtut wie eben.
»Elender kleiner Strolch«, sagt sie, »spiel dich hier bloß nicht auf, oder deine Arschbacken müssen dran glauben.«
»Keine Gefahr«, sage ich. »Ich bin heterosexuell.«
Sie legt kurzerhand auf. Aber du liebe Güte, die zehntausend Dollar hatte ich völlig vergessen. Also ehrlich ... ich will gerne versuchen, Gaya aus der Patsche zu helfen, aber nicht mit meinem eigenen Geld. Gut. Ich muß mich ein bißchen schicklicher anziehen und diese Meter-Blätter suchen.
Ich mach dalli. Mir tuts überall weh, kein Irrtum. Nicht allzu weh. Die Form geht noch. Ich kann noch ein oder zwei Paar einstecken. Aber ich kann nicht allzu heftig nachdenken. Trotzdem, mich ärgert, daß ich Ritchie in die Sache hineingezogen habe. Ich bin ihm eine Belohnung schuldig. Ich nehme das Telefon wieder ab und wähle die Nummer des Chinesen.
»Hallo! Hier Francis Deacon. Können Sie zu mir kommen? Ich hab Arbeit für Sie.«
Er brummelt irgendwas am Ende der Leitung. Verdammter Wu Shang! Ah, diese Chinesen!
»Ja«, antworte ich, »es geht nochmal um einen Kostümball. Nicht ich, mein Brüderchen. Falls ich nicht da bin, wenn Sie

kommen, dann gehen Sie hinein und warten Sie auf mich. Ich lasse Ihnen den Schlüssel unter dem Teppichbelag auf der letzten Stufe. Kommen Sie gegen zwei Uhr.«
Schön. Die Sache wäre geregelt, und ich werd ganz schön was zu lachen haben, wenn ich Ritchies Kopf sehe. Ich nehme meinen Deckel und gehe hinunter. Ein Taxi fährt vorbei. Ich halte es an. Es ist für mich. Wohin fahre ich eigentlich?
Plötzlich wird mir klar, daß ich überhaupt nicht weiß, was sie mit meinem Schlitten gemacht haben. Na ja, man wirds schon erfahren.
»Halten Sie bei dem ersten Bullen an, den Sie sehen«, sage ich zu dem Fahrer.
»Das lehn ich ab«, antwortet er. »Mein Taxi nicht.«
»Aber ich will ihn doch nur eben was fragen«, sage ich. »Doch vielleicht wissen Sies ja. Gestern habe ich meinen Schlitten in einen Fleischerladen gedonnert; hing mit ner fliegenden Untertasse zusammen, die mir ins Auge geraten war. Ich vermute, daß sie ihn dort nicht gelassen haben, weil er den Verkehr ein bißchen störte. Wissen Sie, wo die hingetan werden?«
»Keine Ahnung«, sagt der Fahrer. »Aber vielleicht weiß das ein Bulle.«
»Deshalb hab ich Sie auch gebeten, mich beim erstbesten Bullen anzuhalten«, antworte ich.
»Ja, aber ich mag die nicht«, sagt der Fahrer.
»Gut«, antworte ich. »Scher dich zum Teufel und halt hier an. Ich steige aus.«
»Aber ich bin noch gar nicht angefahren, falls Ihnen das aufgefallen sein sollte«, sagt der Fahrer.
»Na schön, dann kannst du dir den Fahrpreis an den Hut stecken«, sage ich.
Und ich rufe ein anderes Taxi herbei, das vorbeifährt. Der hält nicht an. Noch besser. Ich gehe zu Fuß hin. In dieser Stadt wirds bestimmt Bullen geben, jedesmal, wenn ich bei Rot

über die Straße gehe, habe ich ein halbes Dutzend auf den Fersen.
Aha, da ist schon einer.
»Herr Wachtmeister«, sage ich, »ich wüßte gerne, wo man Unfallschlitten hintut?«
»Haben Sie einen Unfall gehabt?« fragt er und zückt sein Notizbuch.
»Ja«, antworte ich. »Gestern. Ich bin in einen Fleischerladen hineingefahren.«
»Wo war das?« fragt er.
»Das ist völlig unwichtig«, sage ich, »der Schlitten ist mit Sicherheit nicht dort. Ich möchte wissen, wo man sie hinterher hintut?«
»Was wollen Sie damit machen?« fragt er. »Ich vermute, daß er nicht mehr fährt.«
»Das ist meine Sache«, sage ich.
»Hat die Versicherung bezahlt?« fragt er.
»Ja«, sage ich.
»Dann ist es nicht mehr Ihr Schlitten«, sagt er. »Hatten Sie getrunken?«
»Nein«, sage ich. »Mir ist Schmutz ins Auge geraten.«
»Ach je...«, sagt er und steckt sein Notizbuch weg. »Das sagen alle Säufer.«
»Ich öde Sie an«, sage ich höflich und verziehe mich.
Alles, was recht ist: das sind vielleicht Arschlöcher.
Kaum habe ich zwei Meter zurückgelegt, ist mir, als wäre ein Erdbeben eingetreten. Ich halte die Nase hoch. Nein... nichts rührt sich. Ich wackle. Genauer gesagt: der Bulle schüttelt mich.
»Was sagten Sie im Weggehen?« fragt er mich.
Vielleicht habe ich Sie schon darauf aufmerksam gemacht, aber ich bin geduldig. Wenn ich zu diesem Bullen gesagt habe, »ich öde Sie an«, dann deshalb, weil ich es dachte, und wo ist daran etwas Böses? Ich finde, es geht nichts über Offenheit.

»Hören Sie«, sage ich, »Sie haben mich ›Säufer‹ geschimpft, und ich habe Ihnen geantwortet, was ich Ihnen geantwortet habe. Sie haben doch angefangen, oder? Dann halten Sie die Klappe und geben Sies auf, denn Sie könnten sich sonst ins Unrecht setzen. Machen Sie das, wo Sie wollen, aber nicht in Washington. Und außerdem trinke ich nur Perrier-Wasser.«
Diesmal sagt er nichts mehr. Meine Güte, hat der eine dreckige Fresse. Ich sehe den Augenblick voraus, wo er mich ins Kittchen bringen wird. Nein. Er brummelt und läßt mich laufen.
Jetzt ein Telefon.
Ich betrete eine Zelle und rufe meinen Versicherungsvertreter an. Eine Sekretärin antwortet mir.
»Hier Deacon«, sage ich. »Mein Schlitten hat gestern einen Unfall gehabt. Meine Nummer ist die und die.«
»Wo denn?« fragt sie.
»Keine Sorge«, sage ich, »die Versicherungsfrage ist geregelt. Also, ich bin in einen Fleischerladen hineingefahren, um Ihnen nichts zu verbergen.«
»Eine Parfümerie wäre besser gewesen«, sagt sie. »Hätt ich lieber gehabt.«
»Rufen Sie mich an irgendeinem Tage an«, sage ich zu ihr, »und wir kriegen das beide hin. Aber die Frage ist: ich will wissen, wo der Wagen jetzt ist.«
»Sie meinen, im Fleischerladen ist er nicht geblieben?« fragt sie.
»Mit Sicherheit nicht«, antworte ich. »Er verabscheut Würste. Ich gebe ihm nur Anchovispaste.«
Sie feixt. Sie hat nicht unrecht. Ich bin ganz schön zum Feixen.
»Ich hab keine Ahnung, wohin die gebracht werden«, sagt sie zu mir. »Vermutlich ist er in eine Garage abgeschleppt und dann auf einen Schrottplatz geschmissen worden.«
»Glauben Sie?« frage ich. »Aber welche Garage?«
»Ah, da fragen Sie mich zuviel«, sagt sie. »Allein hier gibt es

dreihundert Garagen, die bei der Gesellschaft versichert sind, also Sie verstehen... Sie müssen Ihren Vertreter wiederfinden, der wird Ihnen Auskunft geben.«
»Aber der ist tagsüber nie da«, antworte ich, »und es ist elend dringend. Ich habe all meine Geschäftspapiere in diesem Schlitten gelassen.«
»Ach, ich weiß nicht«, sagt sie zu mir. »Immerhin, wegen des Parfüms können Sie mich wieder anrufen. Fragen Sie nach Dorothy Shearing.«
»O.K., Dot«, antworte ich. »Danke – bis bald.«
Also mich ödert das immer öder an. (Ich hab rechtzeitig Halt gemacht, oder?) Freilich kann nicht nur mein Vertreter mir Auskunft geben, aber es steht fünfzig zu eins, daß es mir den ganzen Tag über nicht gelingen wird, daranzukommen. Und es ist schon ein Uhr. Ritchie wird gegen zwei Uhr dasein. Wu Shang auch. Was kann ich tun? Ich lege keinen Wert darauf, mein Brüderchen zu sehen, ehe es sich den Händen des Chinesen überläßt, denn ich könnte nicht anders, ich müßte es ihm sagen, und diesmal wäre es das Ende meines Schädels.
Los, ich versuche es trotzdem. Ich rufe meinen Vertreter an. Eine Sekretärin antwortet mir, das macht nur eine mehr. Ich fange wieder mit meinem Gelaber an.
Sie weiß es auch nicht. Sie findet, daß ich mich allzu sehr beeile, daß der Sachverständige sich den Schlitten ansehen wird, wenn es nicht schon geschehen ist, und daß ich mich um das übrige nicht zu scheren habe, da die Sache mit der Versicherung schon geregelt ist; jedenfalls habe ich niemand überfahren, und es ist keine sehr bedeutende Angelegenheit.
Daran erkenne ich die Hand meines Autors. Mit seiner Sucht, alles zu regeln, muß er ihnen gesagt haben, sie sollten es behandeln wie für ihn.
Aber du liebe Güte, ich muß diesen Schlitten wiederfinden. Ich schlage das Branchenverzeichnis unter dem Stichwort »Pannenhilfe« auf. Mindestens hundertundfünfzig gibt es.

Keine Lösung. Ich sitze in der Klemme.
Und keine Rede davon, mein Vaterherz um zehntausend Dollar zu bitten, um sie Louise Walcott, diesem Dreckstück, zu geben.
Nur wäre es für Ritchie und mich besser, wenn wir von fünf Uhr an untergebracht wären.
Gut. Für heute gebe ich den Wagen auf. Nicht mehr dran denken.
Aber was dringend ist, das ist eine Bude. Und das ist so einfach ...
Also ... los gehts ...

Zehntes Kapitel

Da bin ich nun also um halb fünf Uhr wieder vor meinem Haus. Ich habe nur einen Teilerfolg verbuchen können. Vor der Tür steht Ritchies alter Buick, und ich vermute, daß er oben gerade den Anblick seiner enthaarten Beine beweint.
Ich will schon hinaufgehen, als Ritchie herauskommt, ganz blaß, mit eiligem Gebaren. Er scheint mich nicht zu erkennen und schrickt zusammen, als ich ihn anspreche.
»Steig schnell in meinen Schlitten«, sagt er zu mir.
Ich gehorche. Er setzt sich ans Steuer, und wir fahren los!
»Bist du gerade erst nach Hause gekommen?« frage ich.
»Ja«, antwortet er. »Mitten in deinem Zimmer liegt ein Chinamann mit einem Dolch im Gedärm. Für die Überraschung muß ich mich bei dir bedanken.«
»Wie bist du hineingekommen?« frage ich.
»Die Tür steht offen«, antwortet er, »alles ist durcheinandergeschmissen, das reinste Zigeunerlager.«

»Es ist Wu Shang«, erkläre ich ihm. »Ich hatte ihn angerufen und ihn gebeten, er solle kommen und dir die Beine enthaaren. Meine Erfahrung sollte dir zugutekommen. Aber ich dachte, du wärest um zwei Uhr da. Also hat er sich abmurksen lassen?«
»Ganz schön, ja«, sagt Ritchie. »Aber tot ist er nicht; ich habe sofort die Polizei angerufen, und deswegen muß ich in den vierten gehen.«
»Es gibt nur drei Gänge«, belehre ich ihn.
»Schade«, sagt er. »Schlecht ausgedacht.«
»Die Bienen sind bei mir schnüffeln gekommen. Sie dachten, wenn sie sich selbst bedienen, kämen sie schneller an das Moos. Aber was für Drecksäue; einen guten alten Chinesen wie Wu Shang umzustoßen. Und, verflucht, es ist meine Schuld, ich habe ihn angerufen.«
»Konntest du nicht wissen«, sagt Ritchie. »Ich wiederhole: ich glaube nicht, daß er tot ist.«
Wir hören die Sirenen und sehen die Schlitten und die Motorräder der Polizei vorbeifahren.«
»Ein Stich ins Gedärm«, so erklärt er mir, »den kann man ganz gut wieder flicken, falls sich die Infektion bremsen läßt... Du darfst nur nicht durch die Leber-Arterie stechen und durch die Leber kommen.«
»Du hast gut daran getan, die Polizei zu holen«, sage ich. »Aber wir sitzen ganz schön in der Patsche.«
»Wenn er durchkommt«, sagt Ritchie, »dann wird er ihnen schon sagen, daß dus nicht warst und ich auch nicht.«
»Wenn schon«, antworte ich, »ich kann mir vorstellen, daß er sauer sein wird.«
»Aber du mußt wissen«, fährt Ritchie fort, »sie haben wirklich alles umgekrempelt. Kein Möbelstück ist mehr heil.«
»Gut, gut«, mache ich. »Wir werden uns an den zehntausend Dollar schadlos halten. Übrigens: da muß ich dir sagen, daß ich sie nicht habe.«

Ritchie wundert sich jetzt über gar nichts mehr. Ich erlöse ihn und füge hinzu:
»Dann habe ich eine Bude gefunden. In möblierten Appartements ist es trostlos und voller Flöhe. Dem Besitzer habe ich zu verstehen gegeben, daß ich zwei kleine Freundinnen hätte, für die ich mich interessierte, und daß er hübsch verdienen könne, wenn er freundlich ist. Nur, für dort müssen wir uns in Weiberschale schmeißen.«
»Alles ist im Schlitten«, sagt Ritchie. »Zwei ganze Koffer voll.«
»Gut«, sage ich. »Jetzt brauchen wir nur noch ein Eckchen zum Zurechtmachen zu finden.«
»So kapier doch«, sagt Ritchie. »Wir werden doch wohl nicht die ganze Zeit als Bienen rumlaufen ...!«
»Oh, das kann sich nur um Tage handeln«, antworte ich, um ihn zu beruhigen.
»Und was wirst du um fünf Uhr tun?« fragt er. »Eigentlich mußt du das Moos zu Gaya bringen.«
»Ich gehe nicht hin ...«, antworte ich.
»Bei dieser Gelegenheit könnte man sich eine vornehmen«, sagt er.
»Und dann was mit ihr tun?«
»Sie ein bißchen zum Plaudern bringen.«
Mein Brüderchen ist voll guter Einfälle.
»Und außerdem könnte man das dazu ausnutzen, sich auch so um sie zu kümmern«, fügt Ritchie hinzu. »Weil: oft sind die Lesben Mädchen, die deshalb auf die andere Seite geschwenkt sind, weil sie ungeliebt waren. Sie sind an brutale Kerle geraten, die sie verletzt oder gekränkt haben. Wenn mans ganz lieb mit ihnen tut ... Dann müssen sie wieder Geschmack daran gewinnen.«
In meinem kleinen Bruder steckt was drin. Der Job nimmt ganz schön Formen an, wie mir scheint.
Und mir eine Lesbierin zu leisten, dafür war ich schon immer zu haben ...

Was wir dabei sind zu tun, ist im Grunde so etwas wie das Zurückführen von Entgleisten auf den rechten Weg.
Wir sind anständige Kerle.
Aber der dicke alte Wu Shang macht mir Kummer.
Ritchie holt mich aus meinen Überlegungen heraus.
»Wir gehen in den Potomac Club«, sagt er. »Wir nehmen *Kane junior* beim Arm, raten ihm, nicht zu gucken, und währenddessen tarnen wir uns.«
Und Ritchie hält vor dem Klub an. Der Bursche ist keine halbe Portion. Er hatte sich schon alles im Kopf zurechtgelegt. Daran tut er wirklich gut, denn wenn ich meinen benutzen sollte... das gäbe komische Ergebnisse, voller Protuberanzen.
Als wir bei dem Boot ankommen, sage ich zu Ritchie:
»Wir müssen alle beide zu Gaya gehen. Daß wir jetzt anfangen, uns zu trennen, lohnt nicht.«
»Natürlich gehen wir alle beide hin«, sagt Ritchie. »Als Männer und sogar als Frauen. Guck dir das mal an.«
Er zeigt mir eine hübsche Brille mit rosa Gestell.
»Werd ich damit nicht hübsch aussehen?« fragt er.
»Also da werd ich dich gar nicht angucken können«, antworte ich.
Meine allseits bekannte Ruhe ist für einen Augenblick futsch.
»Immerhin«, fährt er fort, »ich weiß nicht, ob das alles für meine Prüfungen besonders günstig sein wird.«
»Die Walcott-Bande ist mit uns nicht lange beschäftigt«, sage ich. »Glaub mir. Die jagen wir in Nullkommanichts in die Luft. Danach hast du reichlich Zeit, dich wieder dranzumachen.«
Liebe Güte, wenn ich wüßte, worauf ich mich einlasse, ich glaube, ich wäre weniger überschwenglich. Jetzt, wo es vorbei ist und ich all das aufschreibe, kapiere ich schlagartig, was ich da für Scherze habe erzählen können!
Ritchie hat seine Box aufgemacht. Wir gehen hinein, schlie-

ßen die Tür wieder zu. Da liegt die *Kane junior* ganz ruhig auf dem Wasser. Zum Wasser hin ist offen, Ritchie läßt nie den Blechvorhang herunter, aber es ist dunkel, und wir müssen Licht machen, also müssen wir ihn ausnahmsweise herunterlassen. Ich gehe hin und drehe an der Kurbel. Das ganze ist verrostet, kein Spaß.

Die Einzelheiten unserer Tarnung erzähle ich Ihnen nicht, aber wir amüsieren uns köstlich. Ich bin jetzt an die falschen Brüste gewöhnt, aber für Ritchie ist es das erstemal, und es bereitet ihm Atembeschwerden.

»Du meine Güte«, sagt er zu mir, »nicht möglich, daß die mit diesen Apparaten herumscharwenzeln. Das hält irre warm.«

»Hilft nichts«, antworte ich, »das muß durchgestanden werden. Das Ärgerliche ist, daß man immer noch was dazutun kann ... aber *unsere* natürlichen Reize zu unterdrücken, das ist eine ganz schöne Arbeit.«

»Ich habe superenge Slips genommen«, sagt Ritchie zu mir. »Extrastarke Sport-Slips. Und dann haben wir ja nicht allzu enganliegende Kleider.«

»Wir müssen uns zweimal täglich rasieren«, sage ich. »Das wird ein bißchen lästig werden.«

»Hab ich schon dran gedacht«, sagt er. »Ich habe Rasierapparate gekauft, die wir in unseren Handtaschen behalten werden.«

»Mit unseren Schießeisen«, sage ich.

»O nein«, macht Ritchie. »Alles, was du willst, nur keine Waffen dabei. Man riskiert immer, eine Dummheit zu machen.«

»Im Schlitten ist ein Ballermann«, sage ich; »sie werden schnell herausbekommen, daß es deiner ist, wenn sie die Nummer der Schilder lesen.«

»Nein«, sagt Ritchie. »Wir gehen davon aus, daß sie uns nicht sofort aufspüren. Sonst könnten wir genausogut gleich aufgeben.«

Viel mehr haben wir nicht zu bereden, also schweigen wir und putzen sorgfältig unsere hübschen kleinen Gesichtchen

heraus. Ritchie ist als Mädchen irrsinnig. Er sieht wahrhaftig so aus, als käme er aus einer jener Schulen für zurückgebliebene Geldsäcke ... Ich dagegen wirke sehr intellektuell. Nicht zuviel Lippenrot, kein Puder oder doch kaum, flache Schuhe - ich bin anbetungswürdig.
Die Box der *Kane junior* riecht nach Reispuder und Nagellack. Mit dem Benzingeruch zusammen ergibt das eine tolle Mischung.
All unsere Männerkleider tun wir in die Koffer, und wir verstauen alles in den Bootskasten.
»Wir gehen«, sage ich zu Ritchie.
Er zögert noch.
»Und wenn wir jemand begegnen, den wir kennen?« fragt er.
»Das ist eine gute Gelegenheit für einen Test«, antworte ich ihm.
Ich habe einen hübschen hellblauen Baumwollpullover an und einen grauen Flanellrock. Ritchie ein sehr schlichtes bedrucktes Kleid. Für Jungen kann man uns wirklich nicht halten ... wir haben spitze Brüste!
Wir gehen hinaus, ich als erste(r). Auf dem Bootssteg herrscht reges Leben. Die Sonne brennt, die Boote kommen an und fahren weg, und die Leute schlendern zu zweit umher, angezogen oder im Badeanzug, wirklich ein sympathischer Anblick. Kaum haben wir zehn Meter zurückgelegt, da sehe ich Joan, eine von Ritchies sehr guten Freundinnen.
»Spring nicht los«, befehle ich ihm. »Du kennst sie nicht.« Sie geht vorbei, an uns vorüber, ohne uns zu sehen. Ich gucke mein Brüderchen an. Dem stehen Schweißtropfen auf der Stirn. Ich drücke freundschaftlich seinen Arm. Er lächelt mich an.
»Schon gut, Francis«, sagt er. »Gehen wir los.«
Immerhin, die Geschichte mit dem Chinesen ist schon eine schöne Sauerei. Vor allem: ich muß Ihnen was verraten ... Ritchie hat kein einziges Haar an den Beinen.

Elftes Kapitel

Gegen ein Viertel vor fünf kommen wir vor Gayas Haus an. Ritchies Schlitten ist ein Kabriolett, und wir haben das Verdeck draufgelassen, damit die Leute, die Ausschau halten (falls es welche gibt), keinen Verdacht bekommen, wenn sie uns eintreffen sehen.

Aber auch so brauchen wir einen Vorwand, hier anzuhalten. Nachdem Ritchie und ich über die Frage gesprochen haben, einigen wir uns darauf, einfach anzuhalten, zu plaudern und dabei eine Zeitung zu lesen, so als wären wir uns nicht darüber einig, was wir heute abend im Kino sehen wollen.

Der Straße entlang steht Auto an Auto, diagonal geparkt, und wir kundschaften zwei aus, die diejenigen sein können, die wir suchen.

Es bleibt nichts anderes als abzuwarten. Mich ärgert das, weil ich an allerlei denken muß, und ich denke an den alten Wu Shang mit seinem guten offenen Schmerbauch, ich habe Sympathie für diesen Chinesen, ich bin sehr sauer über das, was passiert ist.

Ritchie stößt mich an den Ellbogen. Das Gitter, das den Garten abschließt, hat geklickt, und ein Mädchen kommt heraus. Sie blickt nach rechts, nach links, blickt nach der Uhrzeit und steigt in den ersten Wagen, einen ganz neuen blauen Chevrolet. Sie trägt ein helles Kostüm und keinen Hut.

Ich rechne damit, daß sie kehrt macht, um wieder ins Stadtzentrum zu fahren, aber sie fährt geradeaus. Wohin, weiß ich nicht.

Sie biegt rechts in die Goldsboro Road ein, wir sind jetzt mitten in Bethesda … und nach links auf die Bundesstraße nach Rockville Pike. Dort gibt sie Gas.

Wir folgen aus der Ferne, ohne uns allzu lange aufzuhalten. Bei dem Tempo wird sie schnell in Frederick sein. Nein … sie biegt nach links ab … Grosvenor Lane heißt das. Nach rechts,

dann wieder nach links. Diesmal ist die Straße sehr viel mieser, und bald ist sie nicht mehr asphaltiert. Ich achte genauer darauf, wo wir sind. Ich drücke gerade auf die Tube.
Da faßt Ritchie mich am Ellbogen.
»Die darf nicht ankommen«, sagt er zu mir. »Sonst sind wir geliefert. Wir geraten ihr in die Klauen.«
Ich gebe Gas.
Ritchies Buick ist älter, hat aber dreißig PS mehr als der Chevrolet. Wir preschen los. Überholen ihn. Ich drücke mich nach rechts hinüber. Er hupt. Ich drücke ihn in die Enge wie eine Blume. Drei Millimeter voneinander bleiben wir stehen. Ritchie steigt aus seinem Wagen in den des Mädchens um und drückt ihr den Ballermann unter den Arm.
»Folgen Sie dem Buick«, sagt er.
Sie hat nicht Piep gemacht und fährt hinter mir wieder an. Ich hoffe, wir haben uns nicht getäuscht, und es ist keine Freundin von Gaya ... das würde mich wundern, muß ich sagen.
Ich biege in einen abgelegenen kleinen Weg ein. Bäume und schlechte Sicht. Genau das, was wir suchen.
Ich stoppe ziemlich rasch, der Chevrolet stoppt hinter mir. Ich springe auf die Erde - noch immer, ohne die Tür zu öffnen, der alte Trick. Das überrascht unsere Beute ein wenig.
»Was wollen Sie?« fragt sie uns.
Ritchie hat seinen Ballermann wieder in den Schlitten getan und tastet sie vorsichtshalber ab, aber so geschickt, daß sie etwas ganz anderes glauben kann. Ihre Handtasche ist im Wagen geblieben, von daher also keine Risiken.
Die Auswahl an Methoden ist nicht groß. Ich gehe mit ihr hinter die Wagen und packe sie. Ich gucke sie mir aus der Nähe an. Sie ist jung, Herrenschnitt, die Miene hart, aber nicht häßlich. Fast keine Brüste, ein wenig knabenhaft.
Ich ziehe sie an mich und küsse sie auf den Mund, mit allem, was man mich in diese interessante Betätigung an Gefühl zu legen gelehrt hat.

Das dauert die erforderliche Zeit. Für die kommenden Generationen vermerke ich, daß sie in der zwanzigsten Sekunde die Augen schließt und daß in der fünfundzwanzigsten nichts von dem, was ihre Lippen beschützten, noch Geheimnisse für mich hat.
Mamma mia, küßt die gut... Hätte sie nicht diesen gemeinen Goldreif an der Fessel, würde ich sagen: glücklich ihr Liebhaber ... aber sie hat nun mal diesen Reif, und das bringt mich in leichte Wut, wenn ich denke, daß diese ganze kostbare Ware für mich verloren wäre, wäre ich als Junge gekleidet.
Da sie zuzustimmen scheint und begierig, die Unterhaltung fortzuführen, lasse ich sie sich ins Gras setzen und mache mit den Händen weiter.
Ihre Beine sind sehr schmal, aber gut gebaut... und muskulös...
»Was wollen Sie?« wiederholt sie, will mir damit zu verstehen geben, daß ihr all das nicht den Kopf verdreht.
»Vielleicht bin ich nicht eindeutig genug?« frage ich sie.
. . . . 1)
Sie schlägt um sich wie eine Katze, gibt mir eine Ohrfeige und fängt zu kreischen an, weil ich ihr den Arm verrenke. Ritchie hält Ausschau, nicht im geringsten verlegen.
. . . .
Große Angst hat sie nicht... warum soll sie vor einem Mädchen auch Angst haben? Sie muß sich nur fragen, wie es kommt, daß ich so stämmig bin.
»Griselda!«
Ritchie kommt an.

1) Die Punkte stehen für besonders angenehme Betätigungen, für die zu werben jedoch verboten ist, weil man die Leute zwar dazu aufreizen darf, einander umzubringen, in Indochina oder anderswo, sie aber nicht dazu ermuntern darf, miteinander zu schlafen.

»Halt ihr die Hände fest.«
Ritchie gehorcht. Er hält ihr die beiden Hände über den Kopf, während ich die Beine ausgestreckt halte. Ein reizender Anblick ist der flache Bauch eines hübschen schlanken Mädchens, mit den Strumpfhaltern und dem kuscheligen Nest, in dem mehr als ein Vogel, den ich kenne, nichts lieber täte als zu nisten.
Also soll sie doch etwas für ihr Geld haben … und ich auch.

. . . .

Sieh da … sie mag das … ich denke mir, daß ich ihre Beine loslassen kann.
Eine gute Sache so, weil es mir eine freie Hand läßt.

. . . .

In dem Augenblick, als ich auf sie rutsche, stößt sie einen Schrei aus … aber es ist zu spät. Ritchie läßt sie seinerseits los und überwacht wieder die Straße … diskret, mein Bruder …
Sie öffnet die Augen wie Eisenbahnübergänge.
»Lump …«, sagt sie zwischen den Zähnen.
Ich fühle mich wie in einem kleinen Maßanzug … ein allzu angepaßter Verdacht, aber das macht der Reiz des fast Neuen … Zugleich halte ich ihr die Fesseln fest und beuge mich hinab, bis ich ihr wieder die Lippen küssen kann. Sie versucht, mich zu beißen. Ich mag das ganz gerne. Ich beiße auch.
Sie seufzt.

. . . .
. . . .
. . . .

Der Detektivberuf ist elend angenehm.
Aber ich darf denn doch nicht alle guten Seiten der Arbeit an mich reißen. Jetzt ist bald Ritchie dran.
Ich stehe auf und ziehe meinen Panzer wieder an. Schwein gehabt, auf dem verfluchten Weg kommt keiner vorbei.
Das Mädchen liegt in angenehmer Unordnung auf dem Gras.
Vielleicht halten Sie Ritchie und mich für Idioten, daß wir

uns drei Stunden lang schminken und uns einen Augenblick später verraten, indem wir einer Biene beweisen, daß wir alles haben, was es dazu braucht, Männer zu sein.
Vielleicht erinnern Sie sich aber auch nicht ganz an unsere Absichten.
Und nicht deshalb, weil ich Ihnen nur einen kleinen Dialogfetzen erzähle, haben wir nichts zueinander gesagt, während wir diesem hübschen Kind folgten. In Wahrheit schien uns beiden, daß es wunderschön sei, in einer möblierten Wohnung zu wohnen und als Bienen durchzugehen, vorausgesetzt, man hat eine echte Biene an der Hand.
Und dann ist es ebenso gut, eine zu nehmen, die man im Auge behalten muß; das zwingt uns, Vorsichtsmaßnahmen zu ergreifen.
»Ritchie«, sage ich, »sie muß sich jetzt wohler fühlen; du bist dran.«
Das ist bald gemacht.
Mein Ritchie hebt die gute Frau hoch, stützt sie gegen die Wagentür, so als lehnte sie sich daran, und er bittet mich, sie so festzuhalten.

. . . .

Wenn ein Wagen vorbeifährt, hat ihre Haltung nichts Unkorrektes... ööh... also das heißt: in diesem Augenblick wirft sie ihren Kopf zurück auf Ritchies Schulter, der sie neben das Ohr küßt ... sie reckt sich, als wollte sie in Trance fallen ... ihre linke Hand löst sich von der Wagentür und krallt sich um Ritchies Hüfte. Ich glaube, unsere Freundin ist gerade zum zweitenmal in den siebten Himmel aufgestiegen ... Sie überläßt sich, völlig hingegeben, den Armen Ritchies, der sie hochhebt und sie in den Wagen setzt. Zuviel Aufregungen für sie.
»Nimm den Chevrolet«, sagt er, »wir lassen ihn in einem Parkhaus in der Stadt. Jetzt fahren wir nach Hause und werden dieses Kätzchen ein bißchen anbrutzeln.«
Sie ist auf das Rückpolster gesunken. Aus übertriebener

Vorsicht ziehen wir das Verdeck über den Wagen und verschließen die Türen.
Wir fahren los. Eine Reise ohne Geschichten; kurz bevor wir wieder nach Rockville Pike kommen, begegnen wir einem Schlitten, der langsamer fährt und stehenbleibt. Wird er uns verfolgen? Wir halten auf Rockville zu und geben Gas. Wenn es Louise Walcott ist, dann hat sie vielleicht den Chevrolet erkannt. Aber wir sind schnell gefahren, sie kann die Nummernschilder nicht gelesen haben. Und ein Chevrolet ist eher was Gängiges. Sicherheitshalber preschen wir los, und eine halbe Stunde später sind wir in der Wärme unserer kleinen Wohnung am Pickford Place. Wir sind einigermaßen zufrieden mit uns, in punkto Moral, versteht sich, denn diesen armen Mädchen den Geschmack an der normalen Liebe zurückzugeben, ist eine gute Tat ... Allerdings kapieren sie nicht.

Zwölftes Kapitel

Die Pickford-Wohnung ist denkbar schlicht: zwei Zimmer, Badezimmer und eine Kochnische, die nach vorne auf einen endlosen Flur, nach hinten auf einen Hof gehen. Sie liegt im sechsten Stockwerk eines Gebäudes aus roten Ziegeln und Beton, ziemlich schäbig. Im Innern gibt es eine Halle mit einem schnarchenden Pförtner, altmodischen roten Sesseln, einer Grünpflanze und einem überkandidelten Aufzug-Schacht, der immerhin besser ist als die Treppe, deren Teppichbelag bis auf die Fäden abgewetzt ist. Wenn man hineinkommt, sieht man gleich, was für kümmerliche Schlucker hier wohnen. Bei uns sind die Möbel sicher genauso wie die in den anderen Zimmern, Marke billiges

altmodisches Hotelmobiliar. Zwei Sofas sind da, schlafen wird man also können, das ist die Hauptsache.
Nachdem wir einmal hineingegangen sind, schließen wir die Tür ab und richten uns ein. Ritchie hat einen Bereitschaftskoffer mit hinaufgenommen; er enthält alle wesentlichen Sachen, die man in einer Wohnung braucht: zu trinken, zu essen, Kaffee, Zigaretten, Seife, Handtücher und all solches Zubehör. Ich nehme den Whisky und das Sprudelwasser und eile in die Kochnische, um uns ein paar Doppelte und Dreifache zu machen, denn draußen ist es warm, aber drinnen ist es noch wärmer. Ein Kühlschrank ist da, er ist angeschlossen, gut so, wir kriegen also Eis.
Mit drei Gläsern auf einem Tablett komme ich zurück. Ritchie sitzt da und überwacht die Biene, die nichts sagt und anderswohin guckt und an den Nägeln kaut. Psychoanalytisch gesehen, ist das sehr schlecht ... Ich lasse die Jacke fallen.
»Ihnen muß viel zu heiß sein«, sage ich zu dem Mädchen. »Ziehen Sie Ihr Kostüm aus.«
Sie blickt mich an. Sie hat hübsche Augen, dieses Mädchen. Sie ist stinkwütend ...
»Aber ja«, sagt Ritchie, »ziehen Sie doch Ihr Kostüm aus.«
»Könnte man eigentlich Ihren Namen erfahren?«
»Ihr könnt mich mal, ihr Zuhälterbande«, sagt sie zu uns.
»Wir wollen doch nicht die Rollen umkehren«, sagt Ritchie. »Wenn hier jemand ist, dem das passieren wird – wir sind es nicht.«
Sie ist leicht aufgeblasen.
»Sie werden doch nicht wieder anfangen?«
»Das wäre uns unangenehm!« sagt Ritchie.
Ich verschlucke mich, als ich meinen Highball trinke, und gehe in die Küche. Dort höre ich zu husten auf, weil ich mich gar nicht verschluckt habe; das ganze ist ein Vorwand, und rasch nehme ich ein halbes Dutzend roher Eier zu mir. Falls Ritchie die Absicht hat, die Arbeit weiterzuführen, dann darf

ich keinen Schwächeanfall haben. Und rohe Eier sind nicht zu überbieten, wie behauptet wird.

Ich komme zurück. Ritchie spricht.

»Sie müssen sich mal klarmachen, mein Hühnchen, daß unsere Methoden genauso wirksam sind wie die der Polizei. Wenn Sie mit uns durch sind, werden Sie dem dritten Grad nachtrauern. Wie heißen Sie?«

»Werden Sie mich in Ruhe lassen, wenn ich spreche?«

»Klar«, sagt Ritchie.

»Und wenn ich nicht spreche?«

»Dann ziehen wir Sie aus und nehmen Sie uns vor, bis Sie Ihre Meinung ändern.«

»Dann spreche ich«, sagt sie.

Und sie feixt. Immerhin hat sich der Ton geändert. Ich denke: wenn sie uns eben als Zuhälter beschimpft hat, dann war das ein alter Rest von Zorn, und jetzt kapiert sie langsam die Lage.

»Also«, sagt Ritchie, »seien Sie kein Frosch. Wir haben Ihnen nur einen kleinen Teil von dem angetan, was wir Ihnen antun können.«

»Einen kleinen?« fragt sie. »Na, dann sind Sie aber schön bescheiden.«

Ritchie wird rot. Sie trinkt ihren Highball.

»Hören Sie«, sagt sie, »Sie sind beide viel zu niedlich. Zunächst mal: Sie sehen überhaupt nicht wie Mädchen aus, und Sie sollten die greulichen Sachen ausziehen, die Sie sich auf den Rücken geklebt haben. Ein echtes Mädchen hätte nie einen so schlechten Geschmack gehabt.«

»In Ordnung«, sagt Ritchie, »wir werden sie ausziehen. Aber Sie müssen uns sagen, wer Sie sind. Ist Ihnen klar, daß wir noch keine Honneurs gemacht haben.«

»Ich arbeite für Louise Walcott«, sagt sie.

»Das wissen wir«, sage ich.

»Hören Sie«, fährt sie fort, »ich bin kein interessanter Umgang, aber Sie haben mich bekommen, weil es das erstemal

war, daß ... öööh ... daß mans mir so macht ... das hat mich durcheinandergebracht, und ich gebe nach ... aber unter einer Bedingung. Wenn ich Ihnen erzähle, was ich weiß, dann behalten Sie mich hier.«
»Ja«, sage ich, »auf jeden Fall.«
»Und Sie werden mich ... öööh ...«
»Jeden Abend«, sagt Ritchie.
»Alle beide?« fragt sie.
»Ja«, sage ich, »aber einer nach dem anderen, denn Schweine sind wir nicht.«
»Gut«, sagt sie. »Also, wenn wirs uns bequem machten? Ich heiße Sheila Sedric.«
»Hallo, Sheila«, sage ich.
Und Ritchie fügt hinzu:
»Ich bin Richard und er Francisco.«
»Setzen Sie sich doch«, sagt Ritchie.
Sie setzt sich neben ihn, aber nicht ganz nahe. Und ich sitze ihnen gegenüber auf einem Stuhl.
»Reichen Sie mir meine Handtasche«, sagt sie, »ich will mir die Nase nachpudern. Sie haben eine komische Art von Sport mit mir getrieben.«
Wir reichen ihr die Tasche, sie macht sie auf, und bevor wir das geringste tun können, haben wir eine große Kanone unter der Nase, und sie steht auf. Blödmänner, die wir sind.
»Keine Bewegung, ihr Halunken«, sagt sie. »Verrottetes Pack ... habt ihr euch vorgestellt, daß das so ausgehen würde?«
Ich krampfe die Hände um meinen Sessel und entdecke etwas ... das sage ich Ihnen noch nicht.
»Ich schieße nicht auf euch«, sagt sie, »denn mir ist es lieber, daß Louisa sich der Sache selber annimmt ... aber wenn ihr durch ihre Pfoten gegangen seid, dann könnt ihr meinetwegen Frauen auf der Straße anhalten ... Die werden keine Gefahr mehr laufen ... dann könnt ihr euch wirklich als Weiber verkleiden.«
Sicher und gewiß, daß sie nicht kapieren. Die Vorstellung,

so seine Zeit mit Schwatzen zu verlieren, statt abzuhauen, solange es geht. Denn ich werde handeln ... den Trick mit meinem Sessel verrate ich Ihnen jetzt, die Armlehne ist nämlich lose ... innerhalb des Bruchteils einer Sekunde schwinge ich ihn ihr auf die rechte Hand. Sie brüllt, und der Ballermann fällt zu Boden. Ritchie hat ihn aufgehoben, noch bevor ich uff! gemacht habe. Er entlädt ihn und steckt ihn ein. Das Mädchen hält sich die rechte mit der linken Hand und weint. Ich gehe hin, knalle ihr eine rechts und links und stoße sie auf das Sofa. Sie sinkt zusammen.
»Und halt die Schnauze«, sage ich zu ihr. »Kein Skandal, oder wir schläfern dich ein.«
Ändert nichts dran, daß wir uns wie Anfänger haben reinlegen lassen. Ohne den kaputten Sessel hätten wir das ganze sausen lassen können. Während Ritchie das Mädchen überwacht, nehme ich die Handtasche und wühle darin. Natürlich nichts. Ein Führerschein auf den Namen Donna Watson.
»Also los«, sagt Ritchie, »fangen wir wieder an. Wie heißt du?«
»Hab ich euch schon gesagt«, brummelt sie.
»Sheila Sedric?«
Sie sagt nichts. Ich geh ran und ziehe ihr ohne großen Schwung einen über die Visage. Darauf war sie nicht gefaßt, und zum erstenmal scheint sie wirklich Angst zu haben.
»Beim nächstenmal blutest du aus der Nase«, sage ich. »Wie heißt du?«
»Donna Watson.«
»Klingt überhaupt nicht nach Sheila Sedric«, sage ich. »Ist das der richtige Name?«
Ich hole mit der Hand aus, sie weicht zurück.
»Das ist der richtige«, sagt sie.
»Wo ist Louisa Walcott?«
Keine Antwort. Ich nehme die andere Hand. Diesmal fängt das Blut zu laufen an. Sie versucht, ein Taschentuch herauszuholen, um sich den Zinken abzutupfen.

»Laß das«, sage ich zu ihr. »Wir waschen das ab; wir sind noch nicht fertig. Wo ist Louisa Walcott?«

»Fünf Meilen von der Stelle, wo ihr mich hopsgenommen habt«, antwortet sie. »Nach der Weaver Road biegt man links in die Falls Road ein, und dann die erste rechts; wie sie heißt, weiß ich nicht. Das Dach von dem Haus sieht man von der Straße aus; es liegt mitten in einem Ulmenwald.«

»Stimmt das auch?« frage ich.

»Ich schwörs euch«, antwortet sie.

Sie spricht durch die Nase, weil das Blut ihr die Stimmwege ein bißchen verstopft.

»Wisch dich jetzt ab.«

Ich werfe ihr ein Tuch hin, das herumliegt, und sie versucht, den Schaden zu beheben. Ihr Kostüm ist voller Blut.

»Was machst du bei Louisa Walcott?«

»Dies und jenes. So ziemlich alles.«

»Einzelheiten«, sage ich, »oder deine Hinterbacken machen mit einem Tau Bekanntschaft.«

»Ich stelle Verbindungen her. Heute war ich bei Gaya Valenko, um ein Päckchen abzuholen, das vor fünf Uhr hinterlegt werden mußte.«

»Wieviele seid ihr bei Louisa?«

»Pustekuchen«, sagt sie. »Und wir kriegen euch, ihr Ludenbande.«

»Das hast du schon mal gesagt«, bemerke ich. »Wie behält Louisa Gaya in ihren Klauen?«

»Weiß ich nicht.«

Ich hebe sie mit der einen Hand hoch und reiße ihr mit der anderen den Rock herunter. Ich bin schon im Normalzustand kräftig, aber wenn ich einmal in Rage bin, gehts noch besser. Sie wagt sich nicht mal zu rühren.

»So bist du richtig«, sage ich. »Ritchie, gib mir deinen Gürtel.«

»Ich werd meine Hosen verlieren«, sagt Ritchie.

»Das macht nichts«, sage ich. »Nachher kannst dus ihr ein

bißchen besorgen ... das wird sie auf andere Gedanken bringen.«
»Dreckskerle! Mörder! Schwei...«
›Schweinehunde‹ sollte das vermutlich werden, aber es verliert sich in meiner rechten Hand. Sie versucht, mich zu beißen, aber wegen meiner hübschen Pfoten bekommt sie das Maul nicht weit genug auf.
Ich drehe sie um, die Hinterbacken nach oben, und Ritchie haut auf sie los.
»Du kannst dich nicht beklagen«, laß ich fallen. »Wir versohlen dich mit einem Kroko-Gürtel: Luxusbehandlung!«
Sie windet sich wie ein Wurm. Auf den Hinterbacken gibts rote Striemen, sehr originell, finde ich.
»Weiter links, Ritchie. Da ist noch eine ganz weiße Ecke.«
Sie schäumt, aber ihr Gesicht liegt in den Sofakissen, man hört nicht allzu viel. Bei fünfzehn Hieben hört Ritchie auf.
»Das tuts«, sagt er. »Im ganzen liegt schon eine gute Gefäßerweiterung vor, und bis zu lokaler Traumatisierung gehen wir nicht.«
Meiner Meinung nach ist das pures und simples Gewäsch. Ich laß das Mädchen los. Sie steht auf, sie ist stinkwütend, ihre Augen lodern, sie schwitzt, ihr Haar ist zerzaust. Sehr niedlich, eine Frau in dem Zustand, vor allem, wenn sie gerade bloß ihre Strümpfe und eine ziemlich kurze Kostümjacke anhat. Sie will losbrüllen, aber ich hebe die Hand. Sie brüllt ... nicht lange. Ich presse sie wieder aufs Sofa, in dieselbe Stellung wie vorher, bäuchlings.
»Nicht zu ändern«, sage ich, »sie hats verdient. Geh ran, Ritchie, wie in der Bibel.«
Ritchie zögert. Und dann feixt er. Er geht in die Kochnische hinüber, kommt mit einer leeren Flasche zurück und legt sie ihr behutsam auf die Hinterbacken.
Ich feixe selber derart, und sie strampelt so heftig, daß sie mir entwischt, und ehe ich mich versehe, verpaßt sie mir eine gehörige Reihe Fausthiebe ... Sie dreht sich um und sieht

Ritchie, der vor Feixen zusammengesunken ist. Da hört sie auf und flennt wie ein Gör, den Arm vors Gesicht gehoben.

»Laßt mich«, sagt sie. »Ich bin ein mieses Mädchen und ein dreckiges Stück, aber so dürft ihr euch nicht über mich lustig machen. Ich fang nicht wieder an. Die anderen haben mich gezwungen.«

Das ärgert mich. Es war sehr viel bequemer, als sie wütend war. Ich stehe auf und nehme ihren Arm.

»Gut«, sage ich. »Komm, wasch dir das Gesicht dort drüben, und dann plaudern wir in Ruhe.«

Sie folgt mir, und ich schleife sie ins Badezimmer. Ich ziehe ihr die Jacke aus, die voller Blut ist, ich wasche ihr das Gesicht, frisiere ihr das Haar. Sie friert. Ich bitte Ritchie um einen Morgenrock, und er reicht mir einen Bademantel, den er im Koffer findet. Ich weiß nicht, wie sie bei der Temperatur frieren kann – wir beide kommen vor Hitze um. Das muß die Reaktion sein: in ihrem Fall. In unserem ist es die Sonne: was wollen Sie, wir sind normal.

Ich führe sie in das andere Zimmer, das denn doch vorzeigbarer ist. Ritchie kommt zurück, mischt noch drei Highballs, und die führen wir uns zu Gemüte: sie, um sich anzuwärmen, und wir, um uns abzukühlen. So widersprüchlich sind die Auswirkungen des Alkohols auf den menschlichen Organismus, würde Ritchie sagen.

»Also wie ist es Louisa gelungen, Gaya in ihre Klauen zu bekommen?« frage ich.

»Bei einer Party war das«, sagt sie. »Louisa Walcott hat ihren Bruder in der Bande. Den und zwei oder drei Kumpels von ihm. Ihr wißt ja, ihr Bruder ist nicht besonders ...«

»Nicht besonders männlich«, souffliere ich.

»Also er hats mit den Jungens«, sagt sie. »Und die benutzt sie dazu, die Mädchen heranzukriegen, weil sie gut aussehen und haufenweise andere Jungens in der hiesigen feinen Gesellschaft kennen, und mit dieser Empfehlung kann man überall hingehen. Und dann, eines Tages, haben sie sich zu mehreren zusammengetan und Gaya sturzbetrunken gemacht. Ein Mädchen zum Trinken zu bringen, ist nicht schwer; man braucht ihr nur zu sagen, daß sies nicht schafft, und schon will sie beweisen, *daß* sies schafft.«

»Die Jungens machen das genauso«, sage ich.

»Weiß ich nicht«, antwortet sie; »ich kenn nur die Frauen. Also an dem Tag, wo Gaya so schön hinüber war – bei einem von Richards Freunden –, da war ihr übel wie einem Schwein, und die waren dann schrecklich lieb zu ihr, haben sie gepflegt und ihr unter dem Vorwand, sie wieder auf die Beine zu bringen, eine Spritze verpaßt. Ganz klar, daß sie sich wohlgefühlt und an der Sache Geschmack gefunden hat. Und anfangs wollte Louisa vor allem das Mädchen selbst, halt so zum Zeitvertreib, aber als sie dann genauer erfuhr, wer sie ist und daß ihr Vater ein Schweinegeld hat, da ist sie auf den Gedanken gekommen, sie von Richard heiraten zu lassen, damit sie ohne Risiko an das Moos kommen kann.«

»Diese Louisa ist eine ganz Ausgekochte«, sage ich.

»Ja«, antwortet sie, »aber ich schwöre euch, sie bumst unwahrscheinlich gut.«

»Oh«, sage ich, »sie kann mit euch nichts anstellen, was wir nicht auch anstellen können, und darüber hinaus haben wir noch andere Möglichkeiten.«

»Ich weiß«, sagt sie und guckt Ritchie mit einem Gesicht an, das alles mögliche bedeuten kann.

»Und was tut sie außer bumsen, die Louisa?« fragt Ritchie. »Ich denke doch, sie arbeitet im Drogenfach?«

»So ein bißchen in allem«, sagt Donna. »Alles hat sie mir nicht erzählt. Ich bin Befehlsempfängerin. Ich weiß, daß sie ne Menge Kumpels in der Politik hat. Auch Freundinnen. Senatorenfrauen, alte Votzen, alle möglichen Tucken.«

»Gut«, sage ich. »Bist ein braves Mädchen. Was sollte denn nach Gaya dein nächster Coup werden?«

»Weiß ich nicht«, sagt sie. »Ehrlich. Es sind andere Sachen am Laufen, aber Einzelheiten kenn ich nicht.«
»Eine kleine Atombombenaffäre?« schlage ich vor. »So ein Haufen von Nutten muß doch ein bißchen herumspionieren? Daß man bei Männern einen kühlen Kopf behält, muß man doch ausnutzen!«
Sie kriegt den Mund nicht auf.
»Also fürs erste«, fasse ich zusammen, »behalten wir dich. Schließlich liegt nichts Eiliges an. Du wirst bei uns kampieren. Keine Angst, wir rühren dich nicht an. Uns sind die echten Weiber im Grunde lieber.«
Sie erwidert kein Wort.
»Ich werde Essen machen«, sagt sie.
»Prima Idee«, sagt Ritchie.
Er und ich wissen auch ohne Worte, daß es heute abend zu spät dafür ist, etwas Neues anzugehen. Morgen werden wir weitersehen.
Donna geht in die Küche und fängt an, mit den Kochtöpfen herumzuwirtschaften; dabei flucht sie, weil alles ekelerregend ist. Diese Biene hat die Ausdrucksweise eines Dragoners.
Was sie zusammenrührt, weiß ich nicht, aber riechen tut es gut. Nach einer Viertelstunde, als Ritchie und ich schon Däumchen drehen wie die Peruaner, erscheint sie wieder in der Tür.
»Bitte sehr«, sagt sie. »Es gibt Spaghetti und Eier mit Schinken, und das werdet ihr mit dem Löffel wegputzen, denn ich habe keine einzige Gabel gefunden.«
»Alles klar«, sagt Ritchie; »ich hab solchen Hunger, daß ich auch mit den Fingern auskäme.«
Ich räume den Tisch mit dem Handrücken frei, und sie bringt einen Topf voll Eier mit Schinken, die köstlich duften.
Wir setzen uns zu Tisch. Ein komisches Trio. Ritchie und ich noch immer als Mädchen verkleidet, und sie in einem Bademantel mit rotem Gürtel. Wo ich hingehauen habe, ist ihr

Gesicht geschwollen, und sie setzt sich behutsam hin. Ich schäme mich ein bißchen, aber wenn ich das nicht getan hätte, dann wären wir keinen Schritt weitergekommen. Ich bin im Grunde sicher: was ihr gefehlt hat, ist ein Vaterherz, das ihr ab und zu eine Tracht Prügel gibt.
Alle drei schwätzen wir miteinander wie alte Freunde und genehmigen uns weitere Highballs, denn mit Sicherheit sind die das gesündeste Getränk, das sich in ganz Amerika finden läßt.
Und dann ist die Zeit da, in die Falle zu gehen. Sie erinnern sich: in dem Bau sind zwei Sofas. Aber wir können unmöglich unsere kleine Donna aus den Augen lassen ... auch wenn wir einander noch so sehr mögen - die Lust abzuhauen könnte wieder über sie kommen.
Ich ziehe die Fallen aneinander und lege die Matratzen quer darüber: das macht ein großes Bett. Ritchie holt Bettwäsche und fängt an, alles herzurichten.
»Bitte sehr«, sage ich. »Sie in die Mitte und wir beide außen.«
Sie erhebt Einspruch.
»Ach nee, Sie machen doch wieder Ärger? Ich dachte, mit sowas sei es vorbei.«
Mir fällt ein, daß ich mir gerade sechs rohe Eier einverleibt habe, weil ich dachte, das könnte mir nützlich sein, und meinen augenblicklichen Absichten nach schwebt mir vor, daß rohe Eier randvoll mit Vitaminen und Hormonen sind.
»Wir werden Sie nicht einmal streifen«, sage ich. »Wie drei liebe Schwesterchen werden wir schlafen. Morgen gibts bestimmt allerhand Neues, und wir müssen in Form sein.«
Sie tut keinen Mucks und geht ins Badezimmer, um sich fertigzumachen. Wir ziehen uns aus. Wir haben seidene Schlafanzüge: Ritchie einen roten, ich einen gelben - Klasse, umwerfend schön. Ich weiß nicht, ob er dieselben Vorlieben hat wie ich, aber auch er zieht nur die Jacke an. Ich spüre gerne die Bettwäsche an den Beinen.

Donna erscheint wieder. Sie hat das Haar hochgesteckt und sieht wie sechzehn aus. Den Bademantel hat sie anbehalten.
»Ich habe keinen Schlafanzug«, sagt sie. »So kann ich nicht schlafen.«
»Ziehen Sie doch den Bademantel aus. Wir wärmen Sie schon.«
»Ich hab aber nichts drunter«, sagt sie.
»Schon gut«, antworte ich. »Dann machen wir eben die Augen zu. Also los.«
Sie macht das Licht aus und steigt über mich weg. Sie legt sich zwischen uns. Es ist dunkel, nur im Hof ist ein ganz schwacher Lichtschimmer; nichts ist zu sehen außer einem undeutlichen Viereck zum Fenster hin. Ich höre Donnas Atemzüge. Sie rührt sich zwar nicht, aber bestimmt schläft sie nicht. Nach zehn Minuten motzt sie los.
»Mir ist zu heiß«, sagt sie.
Mit einem Fußtritt schleudere ich die Decken in die Luft, Ritchie desgleichen, so daß wir der Länge nach nebeneinander liegen und nichts mehr uns stört. Fünf Minuten vergehen, dann rührt sie sich ganz sachte. Sie dreht sich zu Ritchie hin; ich gewöhne mich langsam an die Dunkelheit und erkenne sie undeutlich. Ritchie bleibt reglos.

. . . .

So ist jeder auf seine Kosten gekommen. Allerdings ... Sie werden mir sagen, ich erzähle Ihnen das alles aus Lasterhaftigkeit, und es brächte die Geschichte kein Stück weiter ... Aber das sind die Nebenseiten der Arbeit, und ich begreife allmählich, warum es soviele Bullen gibt, private oder nicht. Und außerdem bringt es Lokalkolorit ...

Dreizehntes Kapitel

Also die Nacht verläuft nicht gar zu schlecht, und man kann sagen, daß wir alles ausprobiert haben, als es der Sonne gelingt, einen Strahl zwischen zwei Ecken Mauerwerk hindurchzustecken und ihn uns aufs Gesicht zu richten. Ich bin noch ein bißchen in Donna verheddert, und wir liegen parallel zueinander, aber nicht genau in der gleichen Richtung. Ritchie pennt, das wird ihm guttun; aber sie ist ein Bild des Jammers. Eine Schlagmaschine kommt mir daneben wie eine Luftmatratze neben einem Bett aus Kieselsteinen vor, aber meine wohlbekannte Energie macht es mir möglich, rasch aufzustehen und mich anzuziehen.

Ich gehe aus dem Haus, um was zum Futtern zu besorgen. Morgens ist Washington nicht gefährlich; nur Neger, Männlein und Weiblein, laufen herum und machen Besorgungen für ihre Herrschaft. Auf Freunde zu stoßen, laufe ich keine Gefahr. Aber ich laufe eine größere Gefahr, könnte man sagen …

»Gib her …«

Ich nehme die Zeitung, die ein Verkäufer mir hinhält.

Dicke Schlagzeile.

Hat Francis D… den Chinamann erdolcht?

Verdammt. Mich hauts um.

Nur den Anfangsbuchstaben haben sie hingeschrieben; das beweist, daß mein Papa in der Stadt noch ein wenig Ansehen genießt …

Aber es muß was geschehen.

Ich kehre schleunigst zurück.

Ich schwörs Ihnen, ich klopfe nicht an, sondern gehe gleich ins Zimmer. Das war allerdings falsch, denn mein Brüderchen ist gerade aufgewacht, und da ich Donna nirgends sehe, kombiniere ich, daß sie drunter liegt.

»Ritchie«, sage ich zu ihm, »komm da raus und hör zu.«

»Zuhören kann ich doch auch so«, antwortet er.

Donna ihrerseits sagt nichts. Sie macht: Oh ... Oh ... Ah ..., und das ist alles.
Ich zeige Ritchie die Schlagzeile. Donna sieht sie nicht, sie schwebt im Nebel.
»Ohne meine Brille kann ich nichts sehen«, sagt mein Brüderchen.
Ich drücke ihm das Käseblatt unter die Nase. Diesmal zuckt er zusammen.
»Verdammt«, sagt er.
Er versucht aufzustehen, aber Donna hält sich an ihm fest, und er fällt zurück.
»O, Donna«, sagt er, »laß mich! Ich muß mich anziehen. Francis wird mich ablösen.«
»O nein«, antworte ich; »ich bin tot.«
Unterdessen gibt Donna zum Glück auf. Ritchie macht sich los und fährt in seine Klamotten.
»Richte dich gepflegt her«, sage ich zu ihm, »die Sache wird ernst.«
»Was sollen wir tun?« fragt er.
»Ich muß verschwinden.«
»Und wie?«
Ich denke heftig nach.
»Hast du Zutritt zum Leichenschauhaus? Kennst du irgendeinen Arzt gut?«
»Ja, schon«, sagt mein Bruder.
»Gut ...«
Ich vermute, er hat begriffen. Ja.
»Wir nehmen eine Leiche«, sagt er, »und die tarnen wir als Francis.«
»Mit der *Kane junior*«, ergänze ich.
»Na schön, alter Junge«, sagt Ritchie, »sehr komisch ist das alles nicht.«
»Och«, sage ich, »dafür gibts auch mal einen Ausgleich, zum Beispiel einen Coup, bei dem man hübsche Mädchen von der Straße aufliest.«

»Und das findest du erholsam ...«, mault Ritchie.
Donna streckt sich. Um ihre Augen liegen Ränder bis zu den Mundwinkeln hinunter, ihre Frisur ist durcheinander, nackt liegt sie da, ganz schnucklig anzuschauen. Ein hübsches Weibsstück.
»Was machen wir?« fragt sie.
»Das laß unsre Sorge sein«, sage ich. »Wir werden Madame Walcott hochgehen lassen. Wir beide ganz allein.«
Sie lacht.
»Da kommt ein hartes Stück Arbeit auf euch zu«, sagt sie.
»Davor haben wir keine Angst.«
Sie setzt sich auf.
»Francis«, sagt sie, »es kommt mir so vor, als hätten wir uns seit Stunden nicht mehr geküßt.«
»Laß den Quatsch!« antworte ich.
Trotzdem küsse ich sie.
»Ich weiß nicht, wer mir lieber ist«, sagt sie. »Ihr habt nicht die gleiche Haut, aber ich mag euch beide ...«
»Schämst du dich denn gar nicht?« frage ich. »Eine Vollblut-Lesbierin, die mit Jungens schläft?«
Sie lacht.
»Oh, ich glaube, ihr habt mich bekehrt.«
»Das ist noch nicht alles«, fahre ich fort. »Wir haben zu tun. Was machen wir mit dir?«
»Wieso denn?« sagt Donna. »Ihr behaltet mich. Wir gehen nicht mehr auseinander.«
»Das dachte ich auch erst«, sage ich, »aber jetzt habe ich meine Meinung geändert; ich hab was Besseres für dich.«
Ich nehme das Telefon. Gerade ist mir eingefallen, daß ich in der Stadt einen Kumpel habe, der heißt John Payne ... Sie erinnern sich: der mit einem Olds 1900, der einem Antiquar das Wasser im Munde zusammenlaufen läßt. Er hat Geld wie Heu, steckt voller Einfälle und ist auf Bienen scharf, daß es eine Schande ist.
»Hallo, John Payne?«

»Am Apparat …«
»Francis hier. Möchtest du gerne, daß ich dir ein Geschenk mache?«
»Ein blondes oder ein brünettes?« fragt er.
»Beides«, sage ich. »Oben blond.«
Ich höre, wie er mit der Zunge schnalzt.
»Her damit.«
»Hebst du sie uns für vier bis fünf Tage auf?«
»Ohne sie anzurühren?«
Er erhebt Einspruch …
»Durchaus nicht«, antworte ich. »Du kannst alles tun, und sie setzt sich zur Wehr.«
Ich höre, wie Donna kreischt:
»Was ist denn das für ein Kuhhandel?«
»Warte …«, sage ich zu John.
Ich verdecke das Mikrofon mit der Hand und sage Donna Bescheid:
»Hör zu … Ritchie und ich zusammen, das ist überhaupt nichts im Vergleich zu John Payne ganz allein. Außerdem sieht er so gut aus wie Bob Hope und hat Moos, daß es eine Schande ist.«
»Schnickschnack!« sagt sie. »Euch beide will ich.«
»Geh für drei, vier Tage hin«, sage ich. »Es muß sein. Und wenn du nicht mitspielst, vertrimm ich dich.«
Sie blickt mich von unten an.
»Das reizt mich«, sagt sie. »Meistens geht sowas gut aus.«
Ich lache, sie auch.
»Sie macht mit«, sage ich am Telefon. »Aber hör zu … In zehn Minuten bist du hier. Pickford Place. Ziegel und Zement. Du hupst, sie kommt runter. Ich werde dabei sein.«
Er hängt ein. Er macht auch mit.
»Donna, mein Schätzchen«, sage ich, »wir werden uns wiedersehen, nichts ist unwiederbringlich dahin.«
Und dann küsse ich sie ein bißchen zum Trost, und die zehn Minuten vergehen sehr rasch. John kommt an, er hupt, sie

rennt los, ich folge ihr und sehe, wie sie neben ihn einsteigt.
Ich nehme wieder den Fahrstuhl.
Uff, jetzt aber an die Arbeit!

Vierzehntes Kapitel

Die Bullen – und es gibt davon in Washington weiß Gott genug, so daß es schon ein komischer Einfall ist, sich diese Stadt dafür auszusuchen, keine astreinen Dinger zu drehen – die Bullen, sage ich, wissen nicht, daß ich vorerst noch ein kleines Mädchen bin. Das heißt es ausnutzen. Für Ritchie dagegen ist es, wenn er Ausschau halten und in aller Ruhe einen toten Burschen mitgehen lassen will, besser, sich wieder in ein Mannsbild zu verwandeln. Wir müssen also vor allem wieder zu der alten *Kane junior* der bewußten Familien zurück, in der unsere Koffer lagern.
Ich erkläre das Ritchie, der zustimmt, und wir gehen. Der Buick ist da, der Chevrolet auch. Wir nehmen beide, und ich parke den Chevrolet ein Stückchen weiter weg: dann steige ich wieder zu Ritchie ein.
Während wir fahren, denke ich nach, und ich glaube, mir trippelt da etwas durch die Gehirnzellen, aber ich kann es nicht recht ausdrücken. An einem Rotlicht reiche ich einem Zeitungsverkäufer eine Münze und kaufe nochmal das Käseblatt. Ich lese den Artikel ein zweitesmal.
»Ritchie.«
Er blickt mich an.
»An keiner einzigen Stelle dieses elenden Käseblatts steht, daß der Chinese tot ist.«
Ritchies Augenbrauen gehen hoch.
»Überall steht etwas von ›erdolcht‹«, wiederhole ich, »aber es wird nicht deutlich gesagt, daß er getötet ist.«
»Na und?« fragt Ritchie.

»Och, gar nichts«, sage ich.
Ich komme nicht dahinter, warum mich das so verblüfft und warum ich meine, es sei wichtig.
»Wir müßten im Krankenhaus nachschauen«, sage ich.
Das ist natürlich schon wichtig, weil es für den armen Chinesen besser wäre, wenn er nur eine Verletzung hätte. Und darüber hinaus: angenommen, ich werde hopsgenommen und man hängt mir das an, dann ist es nicht so gefährlich, wenn er durchkommt, weil er ihnen dann sagen kann, daß ich es nicht war... Ich denke mir aber, daß die Zeitung einen Grund dafür haben muß, nicht eindeutiger zu sein. Nur: welchen?
»Ja«, sagt Ritchie, »wir können im Krankenhaus nachschauen, aber es ist damit wie mit allem sonstigen: besser ist es, dich vorher verschwinden zu lassen. Vor allem, wenn du noch immer daran festhältst, die Geschichte mit Louisa Walcott zu erledigen.«
»Das tue ich«, sage ich, »aber ich weiß ums Verrecken nicht, wie ich es anstellen soll, es sei denn, ich ginge hin und brächte die ganze Gesellschaft um.«
»Wir können sie eine nach der anderen auf den rechten Weg zurückbringen, so wie wir es mit Donna getan haben«, schlägt Ritchie vor.
Ich lache und blicke ihn dabei an.
»Wenn sie ein Dutzend sind«, sage ich, »stehen wir schön da. Und außerdem habe ich neulich ein paar von ihnen gesehen; mit allen wird das nicht so komisch. Da gibts elend mickrige drunter. Und für Louisa Walcott selbst kannst du dir die Methode an den Hut stecken – die läßt nicht alles mit sich machen.«
Ritchie ist nachdenklich.
»Na, weiß mans ...«, sagt er.
»Versuchen kostet nichts«, antworte ich. »Aber ein anderes Verfahren wäre mir lieber.«
»Demnächst müssen wir sowieso die Polizei auf sie hetzen ...«, sagt Ritchie.

»Ja«, erwidere ich, »aber nicht, solange sie hinter mir her sind.«
»Na freilich«, sagt Ritchie. »Also wenn wir nicht gleich einen Einfall haben, dann müssen wir eben später einen suchen.«
Ein Gedanke schießt mir durch den Kopf.
»Und die zehn Mille?« sage ich. »Verflixt ... das dürfen wir nicht fallen lassen.«
»Da müßten wir vielleicht auch auf der Hut sein«, fügt Ritchie hinzu, »weil die alte Walcott sicherlich versucht, sie dir wieder abspenstig zu machen.«
»Au weia, Kinder«, sage ich, »ist das ein Kuddelmuddel ...«
»Nur ruhig«, sagt Ritchie. »Besser, man denkt an gar nichts, so wie ich.«
Unterdessen fahren wir weiter und kommen schließlich beim Club an. Wir steigen aus und versuchen, so wenig wie möglich aufzufallen. Sicher, in diesem Aufzug kennt uns zwar niemand, aber es darf sich keiner, der uns kennt, darüber wundern, wenn er sieht, daß wir die Box der *Kane junior* betreten. Denn soviele Boxen gibt es nicht ...
Wir schleichen uns also an und kommen ungehindert hinein.
Ich sitze auf einem Stuhl. Ritchie zieht sich wieder als Mann an. Gut zwanzig Minuten braucht er dafür.
»In Weiberschale hat man die Beine freier«, bemerkt er. »Das ist angenehm im Sommer.«
»Nichts hindert dich daran, damit wieder anzufangen«, sage ich.
Er lacht.
»Es ist nämlich deshalb bequem«, sagt er, »weil es den Mädchen keine Angst einjagt. Ich denke mir, daß Typen wie Louisa Walcott leicht welche finden.«
»So ist es«, sage ich. »Gleich und gleich gesellt sich gern, das weiß man schon lange.«
Jetzt ist Ritchie soweit.
»Ich muß ganz alleine vorgehen«, sagt er.

»Du willst das doch nicht etwa bei hellichtem Tage tun? Eine Leiche aus dem Leichenschauhaus mitgehen lassen ...«
Jetzt, wo ich ernstlich daran denke, fröstelts mich im Rükken.
»Du bist völlig behämmert«, sagt Ritchie zu mir. »Denkst du womöglich, daß ich ins städtische Leichenschauhaus hineinspaziere? Ich kenne einen Kumpel, der hat eine Privatklinik, und der wird es schon schaffen, mir da zu helfen. Er wird eine Leiche für eine Augentransplantation oder sowas anfordern, und wenn es Kniest gibt, wird er sagen, sie sei ihm geklaut worden. Hältst du mich denn für einen Blödmann?«
»Verdammt«, sage ich; »ein Glück, daß ich dich dazugeholt habe. Ich hätte einfach drauflosgemacht.«
»Trotzdem, zwei Stunden werde ich wohl brauchen«, sagt Ritchie. »Du wirst auf mich warten. Du setzt dich in die Sonne und trinkst etwas, das ist das beste, was du tun kannst. Und dann, in anderthalb Stunden, nimmst du die *Kane junior* und fährst den Kanal hoch, ich meine: bis oberhalb von Brookmont ... hinter das Taylor-Becken.«
Ich weiß, was er meint, nämlich ein Studienzentrum für Schiffsmodelle, am Arsch der Welt, beim Mac Arthur-Boulevard.
»Zwischen Carderock und Cropley hältst du an«, fährt Ritchie fort; »da ist eine Stelle, wo der Kanal ganz nahe an der Straße verläuft.«
»Gut gesagt«, gebe ich zurück, »da ist ein Gasthaus.«
»Schon«, antwortet er, »aber halte da an und warte auf mich.«
»Das sind bestimmt fünfundzwanzig Meilen«, sage ich.
»Du schaffst das spielend innerhalb ein und einer Viertelstunde«, sagt Ritchie. »Und ohne Hetze.«
»Gut«, sage ich. »Und wenn nun Leute da sind?«
»Wenn Leute da sind, ändert das nichts.«
»Ob wir morgen zurück sind?« frage ich.
»Hör mal«, sagt Ritchie, »diese Geschichte ist doch ernst gemeint, oder?«

Ich erinnere mich, daß *ich* den Chinesen angerufen habe, und mich fröstelt noch ein bißchen mehr.
»Ich werde dir alles sagen«, erzählt Ritchie. »Ich kenne noch einen Kumpel, der hat ein Haus mit einem Bootsschuppen am Kanal, etwa in der Höhe. Du wartest auf mich, und ich komme in dem Boot mit dem Dingsda drin, und dort kümmern wir uns dann um das Nötige. Du kannst dir ja ausrechnen, daß man nicht am hellichten Tage vorgehen kann, wenn es darum geht, ihn ... nun ja ... ihn zu entstellen.«
Er reibt sich das Kinn.
»Und dann werden wir ihn anziehen ... und zum Bluten bringen müssen.«
»Wieso das, zum Bluten bringen?« frage ich.
Ich blicke nicht mehr recht durch.
»Wenn man tot ist«, sagt Ritchie, »dann blutet man nicht mehr. Na, und weil wir den Typ mit dem Schuß aus einem Ballermann ins Gesicht tarnen müssen, werden wir gleichzeitig Blut drauftun ... Wie Künstler müssen wir arbeiten.«
»Uff ...«, mache ich. »Mir wärs lieber, du machst das, nicht ich.«
»Och«, meint Ritchie; »unsereins sieht genug sowas ... Aber jetzt gib mir deine Klamotten.«
»Welche?«
»Deine Männerklamotten. Ich sag dir doch, wir müssen ihn anziehen.«
»O, verdammt«, sage ich. »Mein blauer Anzug! ...«
»Wir haben keine andere Wahl«, sagt Ritchie. »Tu Sachen von dir in die Taschen. Und gib mir schnell deine Armbanduhr und deinen Ring.«
»Oh! ...«
»Da«, röchle ich.
»Los, los«, macht Ritchie. »Ein bißchen dalli.«
Er steckt alles in einen Seesack aus Segeltuch, den er aus dem Kasten der *Kane junior* holt, und dann macht er sich aus dem Staub.

»So habe ich keinen Führerschein mehr«, sage ich. »Wie stehe ich da?«
»Dann fährst du eben nicht Auto«, sagt er. »Ciao, und bis gleich.«
»Schön«, sage ich; »für einen Typen, der an nichts denkt... du wirst mir das auf eine bunte Ansichtskarte schreiben ...«
»Und die kannst du dir übers Bett pinnen«, sagt Ritchie.
Er geht.
Was werde ich anderthalb Stunden lang tun?
Mein Gott... ich könnte gut pennen... In der *Kane junior*...
Auf der Bank liegen Schaumgummikissen. Wenn ich die ins Heck lege, geht das gar nicht schlecht.
Unsere nächtliche kleine Corrida mit Donna Watson ist mir ein bißchen in die Beine gefahren. Aber wenn ich einschlafe, darf ich die Zeit nicht vergessen.
Ach was, anderthalb Stunden werde ich schließlich nicht schlafen.
Los ... in die Falle.

Fünfzehntes Kapitel

Ich schrecke aus dem Schlaf hoch. Was macht dieses Geräusch? Ich merke, daß ich mich – wie ein Anfänger – nicht in die Box eingeschlossen habe.
Ich vermeide die kleinste Bewegung und lausche.
Weil draußen die Sonne scheint, ist es ziemlich hell. Behutsam, allmählich mache ich die Augen auf.
Von da aus, wo ich mich befinde, sehe ich nichts. Das Geräusch ist das Geräusch der Tür, jetzt erinnere ich mich; sie bringt ein schwaches Knarren hervor, und zwar in zwei Tönen, einem hohen und einem tieferen.

Gut. Auf jeden Fall mal nachschauen. Ich stehe unbedacht auf... Ich erinnere mich daran, daß ich als Mädchen gekleidet bin, gerade in dem Augenblick, als ich meine Hose zurechtziehen will, und ich springe auf den Zementfußboden. Ich mache Licht.
In der Box ist ein Typ. Ich brülle los.
»Was machen Sie hier?«
Er blickt mich an und lacht.
»Brauchst nicht solche Angst zu haben, mein Schätzchen«, sagt er.
»Verschwinden Sie da«, sage ich. »Auf der Stelle.«
»Nana«, sagt er; »so ängstlich?«
Er kommt auf mich zu. Er ist groß und kräftig. Fünfunddreißig, vierzig Jahre, schwarzes Haar, schmaler Mund. Er trägt einen gestreiften Drillich-Anzug. Das beweist nichts, in diesem Sommer haben alle so einen. Ein heller Hut. Über den Kerl da gibt es nichts zu sagen.
»Bleiben Sie stehen, wo Sie sind«, sage ich.
»Los, Kleines«, antwortet er, »spiel nicht verrückt und komm mit mir. Wir müssen uns mal nett miteinander unterhalten.«
»Bleiben Sie da stehen«, sage ich.
Er hält inne.
»Was wollen Sie wissen?« frage ich. »Halten Sie mich für eine Auskunftei?«
»Was haben Sie gestern in einem Buick vor dem Hause von Gaya Valenko getan?«
»Sind Sie betrunken?« frage ich.
Ich schiebe mich langsam in eine bequemere Position. Er scheint das nicht zu merken.
»Sie waren zu zweit«, sagt er. »Vor mehr als einer Stunde ist hier ein Kerl herausgekommen. Was hatten Sie bei Valenkos zu suchen?«
»Ich kenne niemand, der so heißt«, sage ich.
Und dann mache ich eine Finte nach rechts und lande meine Linke. Sie kommt voll an, aber er fällt nicht um.

»Verdammt«, sagt er.

Und dann fangen wir eine knallharte Keilerei an. Ich blocke einen Schwinger ab, der gut angelegt war; das Schwein setzt noch einen drauf, und es haut mir aufs Ohr wie ein gußeiserner Briefbeschwerer. Aber den *er* auf die Nase kriegt, ist auch nicht von Pappe. Zugleich lasse ich mich hinfallen und ziehe ihm ein Bein weg. Jetzt sitze ich auf ihm und verdrehe ihm den Fuß auf eine ganz komische Art und Weise, die ihm nicht zu gefallen scheint. Der Dreckskerl ist stark wie ein Bär, und mein Rock hindert mich bei der Schlägerei. Er schafft es, sich umzudrehen und mich in den Zement beißen zu lassen; zum Glück dämpfe ich mit meinem Vorderarm ab, und jetzt muß *mein* Fuß herhalten. Auch ich weiß, wie man sich aus dieser Zange befreit. Heiliger Strohsack, tut das weh! Während der ganzen Keilerei sagen wir kein Wort, um nicht die Leute aus dem Klub aufzuscheuchen, und es ist sehr ärgerlich, daß man dieses Riesenkalb nicht anbrüllen kann. Er ist für seinen Griff nicht ganz in der richtigen Stellung; eine Anstrengung, die er unternimmt, um sie zu berichtigen, nutze ich aus und stecke ihm einen Arm in den Kragen. Jetzt muß er zur gleichen Zeit einen Arm und ein Bein an mir bearbeiten, das tut ihm noch mehr weh ... Darauf war er nicht gefaßt, das ist ein Trick von mir, man muß ein geschmeidiges Kreuz haben. Wenn ich einen Film drehte, würde ich Ihnen jetzt eine Großaufnahme vorführen, denn ich habe es geschafft, mich wieder auf die Seite zu legen, und ich habe seinen Schenkel nahe an meinen Kinnbacken ... zwischen meinen Kinnbacken ... und ich beiße zu. Da entfährt ihm ein sanftes Grunzen, und er läßt los. Ich stehe auf, genug gecatcht, ich packe seinen Arm, und er geht hoch ... Verdammt, Judo scheint er auch zu kennen, ich schwanke auf seinen Fußspitzen ... peng ... dieser Zement tut im Rücken ganz schön weh. Diesmal nehmen wir das Boxen wieder auf; wir machen frisch drauflos und sacken beide zusammen; ich blute aus der Nase, sein eines Auge ist zu; wir

sitzen auf dem Boden, blicken einander an und beginnen zu lachen. Das entspannt mächtig.
»Scheiße« ...«, sagt er. »Ich hab Sie wahrhaftig für ein Mädchen gehalten.«
»Schön, und ich hab Sie für einen Waschlappen gehalten«, antworte ich, »aber da lag ich, gelinde gesagt, schief.«
Er steht auf.
»Also, was solls«, sagt er. »Wir schaffen es nicht. Ich bin Jack Carr, Privatdetektiv – von Salomon Valenko zur Überwachung seiner Tochter angeheuert –, und ich möchte wissen, warum Sie gestern nachmittag Jagd auf Donna Watson gemacht haben.«
Der Bursche ist im Grunde nicht unangenehm. Ich stehe auf.
»Stimmt das?« frage ich.
Er hält mir seine Brieftasche hin, hat eine Lizenz und alles. Sogar ehemaliger Polizist ist er.
»Warum zerdeppern Sie mir den Schädel«, sage ich. »Kein Privatdetektiv kann so gut Catch und Judo. Sie sind ein Bursche vom F.B.I., oder ich will nicht mehr Francis Deacon heißen.«
Verdammt. Das ist das, was man eine – Dummheit nennen könnte. Aber gesagt ist gesagt.
»Francis Deacon?« fragt er. »Entzückt, Sie kennenzulernen.«
»Nehmen wir mal an, ich hätte nichts gesagt«, antworte ich. »Hier bin ich Diana. Und in zehn Minuten muß ich gehen. Also los, verhaften Sie mich schleunigst.«
Er lacht.
»Alles ist ganz klar«, sagt er. »Ich mache Sie also gleich darauf aufmerksam ...«
Gut. Das wird dich lehren, die Hand in die Tasche zu stecken. Er bezieht einen auf die Kinnspitze, der nicht von schlechten Eltern ist. Diesmal kippt er um. Ich fange ihn auf und packe ihn in eine Ecke, und dann lasse ich schleunigst die *Kane junior* an und mache mich aus dem Staube; wenn mich das fünf Minuten kostet, ist es schon viel; und dabei habe ich noch Zeit gehabt, frischen Puder aufzulegen.

Sechzehntes Kapitel

Ich fahre etwa zwanzig Meilen in der Stunde, und auf dem Wasser macht das schon Lärm. Um die Einfahrt zum Kanal wiederzufinden, muß ich erst in die falsche Richtung losfahren; die Einfahrt liegt der Theodore Roosevelt-Insel gegenüber – und auf dem Kanal, da heißt es auf die Schleppkähne achtgeben; diese Blödmänner blockieren den ganzen Kanal damit; sie werden von Pferden gezogen, für Ausflüge. Ich frage mich, was das eigentlich soll!

Ich denke über meine brenzlige Lage nach. Da habe ich also die Bundespolizei auf den Fersen, was übrigens normal ist, denn es geht ja um eine Drogengeschichte, aber Herrgott nochmal, wenn sie sich bloß nicht einfallen lassen, darin einen Zusammenhang mit dem Chinamann zu sehen … ich bin wirklich auf einem üblen Dampfer.

Da ist die Einfahrt. Die Pinne scharf backbord! Die *Kane junior* flitzt wie ein echtes Seepferdchen, und der Motor schnurrt, daß man glauben könnte, ihm sei ein ganzer Teller voll Schlagsahne vor die Nase gesetzt worden.

Ich habe die gelbe Segeljacke meines Brüderchens an und sehe darin allerliebst aus.

Aber wie weit das ist. Ich habe das Gefühl, überhaupt nicht voranzukommen. Die Burschen, die diesen Kanal gebaut haben, die müssen sich bis aufs Blut abgerackert haben, bloß um ihn möglichst lang zu machen, sollte man meinen.

Ich überhole etliche Fahrzeuge. Jetzt bin ich wieder in der Höhe des Bootsklubs. Ich gebe noch einen kleinen Zahn drauf, damit man mich nicht allzu sehr erkennt. Aber mit diesem elenden Boot habe ich nicht allzu viele Aussichten, unbemerkt vorbeizukommen.

. . . .

Eine gute Stunde schon rase ich dahin, halb eingeschlafen, und denke an so allerhand. Ich orientiere mich mehr oder

weniger an den Privat-Bootsstegen, die von Ort zu Ort auf beiden Seiten den Kanal säumen.
Lange schon habe ich Little Falls hinter mir gelassen, und vor zehn Minuten Calvin John Creck. Immerhin, ich komme näher.
Meine Güte, bin ich müde. Aus Gewohnheit blicke ich vor mich hin, aber wirklich kapieren tu ich nichts.
Manchmal tauchen kleine Boote auf. Und Pflanzenwuchs, der den Kanal einfaßt. Da, rechts vor mir, ein Baum, der mit seinen Ästen fast ins Wasser reicht... Nein... das sieht nur so aus, er steht hinter dem Treidelpfad. Im Vorbeifahren blicke ich hin, und peng! rausche ich in ein winziges Rennboot hinein.
Heiliger Strohsack! Oder besser: heiliger Rammbug, denn ich bin ja auf einem Boot.
Die *Kane junior* hat offenbar nichts abbekommen ... die hat noch ganz andere Sachen hinter sich. Ich werde langsamer. Niemand hat etwas gesehen; wie durch ein Wunder macht der Kanal an dieser Stelle einen Knick ... vielleicht bin ich letztlich deshalb in das andere Boot hineingefahren.
Es ist wie ein Stein gesunken ... ich kehre zum Ort meines Verbrechens zurück. Etwas treibt umher, ich weiß, was es ist, ich packe das Ganze und hole es ins Boot herein. Ganz schnell. Es ist eine Biene; zur Abwechslung. Nein, ich verkaufe Sie nicht für dumm... ich will gekreuzigt sein, wenn diese ganze Geschichte nicht die reine und schlichte Wahrheit ist.
Kaum habe ich sie unter einem Stück Segeltuch versteckt und die Kissen aus ihrem Boot aufgelesen, die ins Treiben gekommen sind, da fährt auch schon eine Reihe von Booten mit Außenbordmotor den Kanal hinunter.
Ich komme nochmal gut davon. Alles ist voller Studenten, die mir schmeichelhafte Sachen zurufen. Ich winke ihnen mit der Hand zu und gebe Gas. Los, *Kane*... ein bißchen fix. Das Wasser stiebt auf beiden Seiten des Vorderstevens hoch, und das Motorengeräusch geht in ein schönes Brummen über.

Ich blicke auf meine Uhr. In zehn Minuten kann ich an dem Treffpunkt sein, und das läßt mir zwanzig Minuten Zeit dazu, mich mit dem Mädchen abzugeben, das ich in die Brühe befördert habe.
Ich hab schon so viel Ärger am Hals, daß mich das völlig kalt läßt ... kaum wachgeworden fühle ich mich.
Mit einer Hand decke ich das Gesicht meines Opfers auf ... wie soll ich sie sonst bezeichnen?
Aber man könnte meinen, daß sie nicht allzu sehr atmet.
Ich bücke mich, und ohne das Lenkrad loszulassen, schüttle ich sie ein bißchen. Los ... wach auf, du Gans!
Ein kleiner Seufzer. Das hör ich schon lieber ...
Und mögliche Anzeichen von Seekrankheit ... los ... ich packe sie und drücke ihren Kopf über die Reling. Kanalwasser zu Kanalwasser ... das ist logisch und vernünftig. Der Fahrtwind verweht das Ganze.
Gut. Schon besser; jetzt schlägt sie die Augen auf, blickt mich an und flennt los.
Das ist unangenehmer als alles andere.
»Mein ... mein Boot ...«, sagt sie. »Was ist passiert?«
Sie muß gegen den Motor anschreien.
Riskieren wirs mal.
»Ich weiß nicht genau«, schreie ich meinerseits, »ich weiß nur, daß Sie schon einen ganz schönen Kübelvoll geschluckt hatten.«
»Und Sie haben mich da rausgeholt?« fragt sie.
Sie sieht verwundert aus. Herrgottsakra! Mit fällt wieder ein, daß ich als Mädchen gehe ... meine Ausdrucksweise, verflucht!
»Es war schon mühsam, können Sie glauben«, sage ich. »Ich heiße Diana. Und Sie? Ihr Motor muß explodiert sein.«
Ganz klar, daß sie von Technik nichts versteht, keine Biene begreift davon das geringste; sie verwechseln den Ansaugstutzen mit dem Auspuff und halten die Zündkerzen für die Notbeleuchtung.

»Oh!« schreit sie. »Dann hab ich also kein Boot mehr?«
Auf meine verneinende Bewegung flennt sie wieder los. Hübsch ist dieses Mädchen.
»Ich habe eines, mit dem ich nichts mache«, brülle ich ihr zu. »Das schenke ich Ihnen.«
»Warum?« fragt sie. »Sie kennen mich doch nicht.«
»Das macht nichts«, antworte ich im gleichen Ton. »Ich finde Sie nett.«
Und das ist nicht gelogen. Sie ist blond, hat ganz kurzes Haar und blaue Augen, eine kleine Stupsnase und einen umflaumten Mund ... vollkommene Zähne, und außerdem ist sie klatschnaß ... das hebt ihre Figur hervor ... mehr sage ich Ihnen nicht. Ein Tritt aufs Gaspedal.
»Oh!« kreischt sie, »Sie sind ein Schatz. Ich muß Sie küssen. Ich heiße Sally.«
Sie küßt mich. Ein sehr kühler Kuß. Und ganz naß.
»Erkälten Sie sich nicht«, sage ich ihr ins Ohr. »Ziehen Sie Ihr Sweatshirt aus und meine Jacke an.«
Nicht das geringste Zögern, denn unter Mädchen ziert man sich nicht. Eijeijei: kleine Brüste hat sie ... ein Leckerbissen. Und ich gebe ihr auch noch meine Jacke, um diese niedlichen Spielbällchen zu verstecken. Die *Kane junior* macht eine Schlingerbewegung. Man könnte meinen, daß ich wach werde. Und außerdem ist es aufregend, einander so ins Ohr zu sprechen.
»Ich werde Sie ins Cock's Inn bringen«, sage ich. »Sie werden sich trocknen, und dann fahre ich Sie zurück.«
»Stimmt ja, dort wohne ich gar nicht«, antwortet sie. »Wohin fahren Sie, Diana?«
»Ich habe eine Verabredung im Cock's Inn«, sage ich. »Aber erst in einer halben Stunde, und ich bin zu früh dran.«
Übrigens sind wir schon da. Ich stelle den Motor ab und lasse das Boot auslaufen. Die beiden Gischtgarben am Vordersteven sinken allmählich zurück, das Boot geht wieder in die Waagerechte. Ich steuere es auf die private Anlegestelle des

Gasthauses zu. Diese plötzliche Stille macht einen taub. Im Kopf hat man eine große Leere.
Ich springe auf den Bootssteg und mache die *Kane* an einem Pfosten fest. Es liegen schon zwei oder drei kleine Außenborder da.
Ich helfe Sally beim Aussteigen. Sie ist wackelig auf den Beinen.
»Wie stark Sie sind«, sagt sie.
»Sie sind so klein«, sage ich.
Wir spurten bis zum Gasthaus, und ich bitte um ein Zimmer mit ganz vielen Handtüchern.
Eines wird Ihnen auffallen. Wenn ich ein Mann wäre, man würde mir niemals eines geben. Oder ich müßte wenigstens Schmiergeld zahlen. So aber gab es nicht die geringste Schwierigkeit.
»Meine Freundin ist ins Wasser gefallen. Sie wird hier bleiben, um sich von ihrer Aufregung zu erholen. Bringen Sie zwei schön trockene Martinis hoch.«
»Sehr wohl«, sagt der Angestellte zu mir.
Es ist ein kleines Gasthaus aus roten Ziegelsteinen und Holz, mit Rosenbüschen, Tischen auf der Terrasse zum Kanal, einstöckig. Rustikale Möbel, wie man so sagt. Auf schlicht gemacht: Tapete mit Blumen und Vogelkirschblüten. In den Zimmern immerhin Teppichboden. Schlichtheit schon, aber nicht übertreiben. Unser Zimmer geht auf den Kanal. Ich habe eine Viertelstunde vor mir.
»Ziehen Sie sich schnell aus«, sage ich. »Ich werde Sie abreiben. Oder nein, lieber erst eine Dusche!«
Ich schleife sie ins Badezimmer und reibe sie unter den Wasserstrahlen gehörig mit einem Frottierhandschuh ab. Fest ist das, golden schimmernd, wirklich sehr sehr niedlich.
Schnell schnell, ich bringe sie ins Zimmer zurück. Ich wickle sie in einen Bademantel und trockne sie in Nullkommanichts ab. O, Teufel! Jetzt werden wir ja sehen... Verdammt, es klopft. Ach so, die Martinis! Ich nehme sie an, schließe die Tür wieder zu.

Wir trinken ex. Das bringt sie zum Husten und zum Lachen. Wir werden ja sehen, ob sie alle so sind ... Ich packe sie und presse sie aufs Bett. Und dann fange ich an, all ihre Herrlichkeiten abzuküssen. Das sind gleich mehrere Stellen.
Na ja, und da kriege ich ein schallendes Paar Ohrfeigen verpaßt! ...
Mein Kopf dröhnt davon.
»Sie sind verrückt!« sagt sie zu mir.
»Verzeihen Sie ...«
Erbärmlich hab ich mich angestellt, erbärmlich. Oh ... und verflixt, da habe ich endlich mal eine ... eine echte, und dann ...
»Zu blöde«, sage ich. »Ich heiß nicht Diana. Ich bin ein Junge.«
»Das glaub ich Ihnen nicht«, sagt sie.
Jetzt hackts aber.
Ich ziehe meinen Pullover hoch und zeige ihr meine falschen Brüste.
»Schauen Sie«, sage ich.
Und ich ziehe daran wie an Kaugummi.
Sie blickt hin.
»Na und?« macht sie. »Bloß weil Sie ein Junge sind – falls das stimmt –, haben Sie noch lange nicht das Recht, mich zu küssen.«
»Ich konnte nicht widerstehen«, antworte ich.
Sie wickelt sich in den Bademantel.
»Ein Ferkel sind Sie«, sagt sie. »Warum ziehen Sie sich als Frau an? Und warum haben Sie Richard Deacons Boot genommen? Der hätte sowas nicht gemacht... Ich frage mich, ob ich Sie nicht festnehmen lassen soll.«
Na sowas; falls Sie jemals einen Verdatterten gesehen haben, dann schauen Sie mich jetzt mal an. Und wie üblich lasse ich die Katze aus dem Sack.
»Sie kennen meinen Bru ...«
Ich bremse mich. Rechtzeitig? Glück ...

»Sie sind sein Bruder?«
Die schaltet schnell, die Kleine.
»Nicht direkt«, sage ich.
»Francis Deacon? Sind Sie derjenige, der gesucht wird? ...«
»Nein«, sage ich. »Glauben Sie bloß das nicht.«
Sie mustert mich durchdringend.
»Aber ja doch«, sagt sie. »Sie sinds. Ich habe Sie einmal von weitem im Bootsklub gesehen. Also stimmt es? Sie haben den Chinesen umgebracht?«
Auf einmal läßt sie ihren Bademantel fallen. Sie führt die Hände an ihre Brüste, lächelt mich an und streckt dann die Arme nach mir aus ...
»Francis ... mein Liebling ...«, sagt sie. »Schnell, schnell ...«
Aber, Sch ...
Natürlich lasse ich mich nicht bitten ... aber immerhin! ...
Ich schwöre und versichere Ihnen, die kapieren nicht!

Siebzehntes Kapitel

Eine Viertelstunde ist nicht viel, wenn man die verschiedenen Reize dieser anbetungswürdigen Sally im einzelnen vornehmen will, und ich habe gerade nur Zeit genug, ihr eine Mustersammlung dessen hinzupfuschen, was ich kann. Ohne Zweifel hat sie gute Anlagen und ist ein Pflänzchen, das man pflegen müßte. Ihre Haut ist köstlich, sie kann küssen; was das übrige betrifft, sieht man, daß es ihr an Praxis fehlt, aber sie macht alles mit ... viel mache ich übrigens nicht ... ich nippe. Immerhin schaffe ich es trotz meiner Müdigkeit, nach zehn Minuten erschöpft zu sein, aber sie dreht mich auf den Rücken und schiebt sich an mich.
»Mein Totschläger ...«, murmelt sie. »Mein geliebter Totschläger ... tu mir weh ... beiß mich.«

»Ach Quatsch«, sage ich zu ihr. «Ich habe niemanden totgeschlagen.«
Ich bin ein bißchen derb... ich fürchte, das wird den Zauber zerstören, aber ich setze mich auf, lege sie über meine Schenkel und verpasse ihr einen Hinternvoll. Sie zappelt wie ein Aal, schafft es, sich freizumachen und mich wieder auf den Rücken zu bringen, und dann springt sie wieder auf mich. Ich blicke auf meine Uhr. Nur noch drei Minuten.
Sie rackert sich ab, daß es eine Lust ist. Das kleine Gör ist voller Schwung.
»Würg mich ...«, sagt sie. »Tu mir weh.«
Auf die Dauer wirkt das auf mich genau so, wie es nicht sollte... Ich verlasse das Schlachtfeld, sie merkt es und guckt blöde.
»Gefall ich dir nicht?« fragt sie.
»Wenn du den Mund gehalten hättest«, antworte ich, »dann hätten wir vielleicht was bringen können, aber dein kokosnußöliges Getue macht mich nicht gerade an.«
»Oh!...«, erwidert sie, »Francis... bring mich um... Ich bin so unglücklich... Schlag mich tot, wie du den Chinesen totgeschlagen hast.«
Ich schiebe sie weg und stehe auf.
»Was dir nottäte«, sage ich, »ist ein wirklich harter, gemeiner Kerl, der dich vertrimmt und dir eine hübsche Krankheit anhängt. *Das* wäre Zucker!«
Unterdessen ziehe ich mich an ... als Mädchen immer noch. Ich bin schon fünf Minuten zu spät dran und hoffe, daß Ritchie sich keine Sorgen macht, wenn er die *Kane junior* findet und niemand drinsitzt.
»Francis ...«, murmelt sie schüchtern.
Ich gehe ans Fenster und blicke auf den Kanal. Ein Boot kommt heran und hält. Wahrscheinlich Ritchie. Ich muß machen.
»Bleib da«, sage ich zu Sally, »und warte, bis ich zurückkomme. Dann diskutieren wir echt.«
»Werden Sie wiederkommen?« fragt sie.

Sie ist zu süß, diese Närrin. Ich gehe zum Bett zurück und küsse sie auf beide Backen wie ein Bruder. Sie zieht eine Schnute wie ein kleines Mädchen, das eine Dummheit gemacht hat und nicht weinen will, aber sich selbst damit bestraft, daß sie in die Ecke geht.
»Ich habs wirklich eilig, mein Schätzchen«, sage ich, »und so können wir nichts Ordentliches machen. Warte brav auf mich, in einer Viertelstunde bin ich wieder da.«
»Wirklich?« fragt sie.
»Ich schwörs«, antworte ich.
Und zische ab.
Als ich auf die Terrasse gekommen bin, spurte ich bis zu dem kleinen Bootssteg. Es ist tatsächlich Ritchie. Er hat neben der *Kane junior* angehalten und schaut sich leicht erstaunt die Kissen an.
Ich springe hinein, mache das Tau los und erkläre ihm im Handumdrehen, was mir passiert ist, einschließlich des Burschen in der Box und der Schlägerei, die wir einander geliefert haben.
Ritchie mag das gar nicht.
»Ich versteh fast nur noch Bahnhof«, gesteht er mir. »Die Leiche hab ich jedenfalls, sie ist angezogen und verkleidet, und ich habe einen halben Liter Blut als Reserve, damit können wir das Boot begießen.«
O, all diese Geschichten setzen meinem Magen zu!
»Ritchie«, sage ich, »du hast dir schon einen komischen Beruf ausgesucht.«
Er erhebt heftigen Einspruch.
»Sag mal, wer ist eigentlich in diese dreckige Geschichte hineingeschlittert, du oder ich?« fragt er mich.
Während wir uns streiten, rauschen wir Reling an Reling zum Hause seines Kumpels. Es ist etwa eine Meile entfernt, der Bootsschuppen liegt unmittelbar am Wasser, und die *Kane junior* läßt sich fast ganz hineinbringen. So wird niemand viel sehen.

Ich mache die *Kane* an einem Ring fest, springe auf den Zement. Ich blicke hin, der Schuppen hat eine verglaste Tür, und dahinter steht Ritchies Buick.
»Dadrin hast du ihn … ööh … hergebracht?« frage ich.
»Ja«, sagt Ritchie. »Dadrin ist er. Hol ihn und bring ihn her.«
Ich gehe hin. Nicht der rechte Zeitpunkt zum Schlappmachen. Es ist ein großer Segeltuchsack, steif wie die Wäschesäcke beim Heer.
Schwer ist es, das Vieh. Ich schaffe es gerade, es bis zum Boot zu bugsieren.
»Streif den Sack ab«, sagt Ritchie.
»Schon recht«, sage ich, »aber schau lieber nicht so genau hin.«
»Du hast Schwein«, sagt Ritchie. »Er sieht dir ein bißchen ähnlich, und er ist jung.«
»Woran ist er gestorben?« frage ich.
»Gehirnschlag«, sagt Ritchie zu mir. »Aber mit der Bohne, die wir ihm in den Schädel praktizieren werden, wird da niemand etwas sehen.«
Ich schlucke trocken.
»Ööh …«, mache ich. »Du wirst das doch machen, Ritchie, ja?«
Ich sehe, wie Ritchie feixt. Er hat den Sack abgestreift. Ich wende den Kopf ab, und dann sause ich gerade rechtzeitig los, gehe durch die Tür, und an der Wand des Schuppens geht es mir sehr schlecht.
Mit zitternden Beinen komme ich zurück.
»Echte Mistsäcke, die das dem alten Wu Shang angetan haben«, sage ich.
Und das gibt mir wieder Mut. Diese Saubande muß einfach geschnappt werden.
Ich hole das Schießeisen aus dem Bootskasten und lade es.
»Gib mir das«, sagt Ritchie.
»Geht schon«, sage ich, »es ist vorbei. Ich bin wieder angriffslustig.«

Er zeigt mir die Richtung.
»Schieß dahin ...«, sagt er. »In die Richtung. Warte.«
Er nimmt ein Stück Bootsplane, das im Kasten herumliegt, und verdeckt das Gesicht des Burschen. Er hält ihn so, daß er auf der Bootsbank sitzt.
»Das darf nicht uns bespritzen«, sagt er. »Jetzt los. Da hinein.«
Er reicht mir ein altes Halstuch, ich begreife und wickle den Revolver hinein, um das Geräusch zu dämpfen. Die Mündung schiebe ich, wie er mir gesagt hat, dem Toten zwischen die Zähne. Dann drücke ich ab.
Es macht ein dumpfes Geräusch und schüttelt meinen Arm. Ritchie zieht sein Stück Stoff weg. Ich schau nicht hin.
»Verbrenn das Tuch«, sagt er. »Mit ein bißchen Benzin.«
Ich erledige das in einer Ecke und höre das Gluckern einer Flasche, die ausläuft. Offenbar verteilt er mit Sorgfalt die Schminke.
»Jetzt nimm dein Notizbuch«, sagt er, »und schreib, daß du die Schnauze voll hast und lieber so endest.«
Ich gehorche. Ich tue alles ganz mechanisch. Das Halstuch verbrennt schließlich mit einer rußigen Flamme und einem fast unerträglichen Geruch nach versengter Wolle.
Als ich zu Ende geschrieben habe, sage ich zu Ritchie:
»Was werden die Eltern denken?«
Das läßt ihn kalt.
»Macht doch nichts«, sagt er, »in zwei Tagen ist alles vorbei.«
»Optimist«, sage ich.
Er schüttelt mich und reicht mir einen Flachmann.
»Hör mal, Francis. Du bist ein Waschlappen. Trink das und komm wieder zu dir. Am Ende demoralisierst du mich auch noch. Ist es dir etwa schnuppe, mitanzusehen, wie Gaya zu dem wird, was sie wird? Und all die anderen armen Drogentypen, die in demselben Zustand sind? Du gefällst mir gar nicht. Gut, man kann mal Eseleien begehen, aber was willst du eigentlich, man kann doch nicht immer bloß Däumchen

drehen, während die Sauhunde ungestraft ihre Sauereien machen.«
Ich denke derweil, daß da im Boot der andere Knallkopp liegt und daß es immer ungesünder wird, zu bleiben.
»Los jetzt«, sage ich. »Schau mal raus, und wenn nichts ist, ziehen wir die *Kane junior* heraus und stoßen sie in die Strömung.«
Gesagt, getan. Wir steigen wieder in das andere Boot, ziehen die *Kane* mitten in den Kanal hinaus und lassen die Plane über dem Bug ... besser so. Und dann lassen wir alles sausen und kommen schnell zurück. Wir machen das Boot an seinem Platz fest, machen das Tor zum Schuppen wieder zu und verduften. Der Buick steht bereit.
»Weißt du, wohin wir fahren?« frage ich Ritchie.
»Zu Louise?« meint er.
»Zu Louise«, antworte ich. »Mal sehen, was losgewesen ist.«

Achtzehntes Kapitel

Offen gesagt, habe ich Sally völlig vergessen, und das ist vermutlich besser so, denn ich habe jetzt was anderes zu tun. Wir rasen so schnell wie möglich, aber nicht so schnell, daß wir den Bullen auffallen könnten, das wäre ungesund. Immer diese Bullen. Seit ich selber Bulle spiele, muß ich dauernd an sie denken.
Der Buick rast ins Freie.
Mir fällt der Flachmann mit Whisky ein, den Ritchie mir gerade gereicht hat, und ich bitte ihn darum.
»O, Ritchie, gib mir zu trinken.«
»Falsch von dir«, antwortet er.
Und er reicht mir die Flasche.

»Nein«, sage ich.
Ich nehme einen kräftigen Schluck.
»Ich muß innerlich wieder in Form kommen«, füge ich hinzu. »Mir ist nicht gut, und außerdem hab ich keine Ahnung, wie wir dadrüben vorgehen sollen.«
»Wir werden schon sehen«, sagt Ritchie.
»Du weißt, was uns Donna gesagt hat«, erinnere ich ihn. »Wenn Louise Walcott uns erwischt, schneidet sie uns alles ab.«
»Mir egal«, sagt Ritchie. »Sie wird sich alle Zähne an mir ausbeißen.«
»Sag mal«, antworte ich ihm, »angeben ist ja ganz schön, aber ein bißchen übertreibst du, glaube ich.«
»Kein bißchen«, sagt Ritchie.
»Hauch mich mal an.«
Er haucht, und ich merke, daß der Saukerl selber drei Meilen gegen den Wind nach Whisky stinkt. Ich muß wirklich ganz schön Schiß gehabt haben, daß ich das nicht eben schon gemerkt habe.
»Du hast dir die Nase begossen«, sage ich.
»Überhaupt nicht«, sagt Ritchie. »Schau mal, ich fahre genau geradeaus.«
Ich blicke auf die Straße, gerade kommt eine schöne Kurve.
»Nicht da«, sage ich. »Wart ein bißchen bis später, Ritchie.«
Er beschleunigt.
»Wie in den Gangsterfilmen«, sagt er.
Ein ›Bjjjjuii‹ ist zu hören ... Wenn Sie verstehen, was ich meine ...
»Sind deine Reifen noch gut?« frage ich.
»Weiß ich nicht, darum kümmere ich mich nie.«
»Bieg nach rechts.«
Wir sind gerade an der Potomac Road angekommen, und die fahren wir. Geradeaus bis zur Falls Road. »Geradeaus« ist gut gesagt, denn zur Falls Road hin steigt die Straße an und verläuft in Windungen.

»Jetzt volle Pulle«, sage ich. »Hier gibts keine Gesetzesvertreter mehr.«
Wir fahren und fahren. Gut zehn Meilen sind es. Bei dem Tempo die Sache einer Viertelstunde.
Nicht mal. Zwölf Minuten. Wir sind schon mal da angekommen... das erinnert mich an ein Mädchen am Straßenrand...
Im selben Augenblick fällt die kleine Sally mir wieder ein.
»Ritchie«, frage ich. »Kennst du Sally aus dem Klub? Eine kleine Siebzehnjährige?«
»Ja«, sagt er. »Die sieht ganz danach aus.«
»Kennst du sie gut?« frage ich.
»Och, naja«, sagt er, »ich hab sie bestiegen wie die anderen Kumpels auch.«
»Ach so«, sage ich, leicht ernüchtert, »also ein Wanderpokal?«
»Das nun auch wieder nicht«, meint Ritchie. »Sie hat so ihre Mucken.«
»Das sagt sich so«, sage ich. »Glaubst du, sie wartet lange auf mich? Ich habe ihr gesagt, ich käme in einer Stunde wieder.«
»Oh, die wird pennen«, antwortet Ritchie. »Es ist schon spät.«
Tatsächlich ist es nach allem halb fünf geworden, aber im Juli kann man nicht sagen, das sei sehr spät.
»Ritchie, wir werden nicht gleich dahin fahren. Wir müssen uns vorher ausruhen«, schlage ich vor.
»Bist du meschugge?« fragt Ritchie. »Du machst wieder schlapp.«
»Ach, schon wieder das alte Lied!«
Ich komme mir wie ein ganz armer kleiner Junge bei seiner Mutti vor.
»Na schön, dann gib Gas, du Schwein«, beende ich den Streit.
Da ist die Falls Road, und wir biegen nach links ab, statt sie einzuschlagen.
Und Ritchie gibt Gas, aber nicht lange, denn man kann allmählich sagen, daß wir dem Ziel nahekommen. Er stellt sich

an den Straßenrand. Dreihundert Meter weiter steht ein großer weißer Bau, von dem man ein Stückchen durch die Bäume sieht. Bestimmt Ulmen.
Ritchie blinkt hin und sagt zu mir:
»Nichts zu machen. Zu hell.«
»Du machst schlapp«, sage ich.
»Hast du ne Ahnung«, sagt er. »Wir ruhen uns aus, dann gehen wir ran. Das wird uns guttun.«
»Ach, verdammt«, antworte ich. »Das hättest du mir vorher sagen können. Dann wäre ich nochmal zu Sally gefahren.«
»Das wäre nicht gut ...«, sagt Ritchie und blickt mich an.
»Warum?« frage ich.
»Willst du dich pflegen lassen?« fragt er.
»Also weißt du! Ein Engel, dem man ohne Beichte den lieben Gott schenken würde.«
Unglaublich, diese Bienen. Echt: die kapieren nicht.
»Verdammt«, sage ich zu Ritchie; »ich bin nochmal gut davongekommen.«
»Schwein hast du immer gehabt«, sagt er. »Außerdem mache ich dich darauf aufmerksam, daß sie nicht siebzehn ist. Sie ist achtundzwanzig. Komm pennen.«
Ich bin am Boden zerstört.
Wir nehmen wieder den Schlitten und fahren los. Wir fahren an dem Haus vorbei: kein Irrtum möglich, es ist das einzige. Und dann biegen wir in den erstbesten Weg ein und stellen den Buick so hin, daß wir sofort in die richtige Richtung abfahren können.
Wir strecken uns auf den Rücken, die Hände hinter dem Nakken verschränkt.
Massenhaft Bäume stehen da, und die ländliche Umgebung ist hübsch. Ich schau mir das ein Weilchen an, und plötzlich sehe ich einen Knülch aus dem Nichts auftauchen. Er hat ein blaues Auge, ist groß und stämmig. Seinen Mund erkenne ich wieder. Der ist leicht geschwollen. Er trägt einen gestreiften Drillich-Anzug.

»Na, Francis«, sagt er zu mir. »Das schieben wir noch einen Augenblick auf ... Ich muß meine Revanche haben.«
Es ist mein Detektiv. Ich blicke Ritchie an. Der rührt sich nicht. Ich entdecke, daß ein anderer Knülch ihn mit einer echten Profi-Kanone in Schach hält, einem Ding, das ein Kaliber von mindestens fünf Zentimeter hat.
Nichts zu machen.
»Sie wollen eine Vorführung?« frage ich.
Und dann mache ich eine Finte, schnappe mir seinen Arm, und er fliegt durch die Luft. Das stelle ich jetzt schon zum zweitenmal mit ihm an.
Unterdessen teilt er mir einen Mordshieb aus ... Naja ... Leiden tut not. Ich mache mich frei. Immerhin gibt es Sachen, mit denen man sich rächen kann, einen gut gezielten Kanthaken zum Beispiel.
Ich schlage nicht voll zu, er auch nicht ... Schließlich sind wir keine Wilden.
Fünf Minuten lang treiben wir diese Späße und sind beide naß vor Schweiß.
»Wenn ich nicht diesen Weiberrock anhätte«, sage ich zu ihm, »ginge alles schneller.«
Er hält ein.
»Das genügt«, sagt er. »Nebenbei: hat man Ihnen je gesagt, daß Sie ein Quadratarsch sind?«
Ich krieg das Maul nicht zu. Er nutzt das aus und gibt mir einen Kinnhaken. Ich sacke zusammen, und er hebt mich teilnahmsvoll auf.
»Das war ich Ihnen schuldig, Sie Bürschchen«, sagt er. »Ich bin überhaupt nicht ärgerlich, aber ich war es Ihnen schuldig. Übrigens, um es Ihnen gleich zu sagen: der Chinese ist nicht tot.«
Mein Mund ist leicht teigig, aber das hilft mir, meine blühendste Ausdrucksweise hervorzuholen.
»Ihr Polypen«, sage ich, »ihr seid eine Bande von falschen Fuffzigern. Immer diese Manie, den Knülchen mit dem

Radiergummi das Lächeln von der Denkschachtel wegzuwischen; ich kriege Bruststechen auf der linken Seite, wenn ich dran denke.«
»Übrigens«, sagt Ritchie, »wenn Sie uns mal sagten, was wir ausgefressen haben?«
»Das betrifft nur uns beide«, sagt der Bulle.
Ich raffe meine Kräfte zusammen – ich hatte ein bißchen simuliert – und gehe jetzt meinerseits ran. Voll in den Magen. Er knickt zusammen, und ich zerhau ihm die Fresse mit meinem Knie.
»Wie auf dem Jahrmarkt«, sage ich. »Bei jedem Schuß ein Gewinn.«
Der andere Bulle fängt zu lachen an.
Immerhin, die beiden sind mehr als Durchschnitt. Der erste richtet sich wieder auf, ihm ist schlecht.
»Ich geb auf«, sagt er. »Okay, Francis, wir sind Kumpel.«
Er tupft sich die Schnauze ab, das kann er gebrauchen, meine Knie sind hart. Und wir fangen wie gute Kumpel zu reden an.
»Wie kommt es, daß Sie hier sind?« frage ich.
»Und Sie?« fragt er zurück.
»Hören Sie mal, ich vermute, Sie sind einer vom Bund?«
Er bejaht.
»Gut«, sage ich. »Und Jack Carr heißen Sie auch nicht?«
Er massiert seine Innereien.
»Jack Carruthers«, sagt er.
Verdammt, den Namen kenne ich.
»Teufel auch«, sage ich, »dann ist das ja ne heiße Sache.«
Er sieht eher geschmeichelt aus. Jetzt befühlt er sich behutsam die Nase.
»Das Haus ist von Bullen umstellt«, sagt er. »Sie waren über Sprechfunk angekündigt.«
»Verhaften Sie mich nicht?«
Er lächelt.
»Das würde Ihren Vater verärgern … Ihnen täte es gut … aber

nochmals: Sie brauchen nichts zu befürchten ... der Chinese hat geredet.«
»Die Zeitungen?« frage ich.
»Getürkt«, sagt er. »Eine Falle für die Walcott.«
Ich blicke Ritchie an.
»Siehst du«, sage ich. »Ich hatte es dir gleich gesagt.«
»Kommen Sie jetzt mit zu Louise. Wir sind bereits an Ort und Stelle.«
»Wie denn?« frage ich.
»Tränengas.«
Er geht in Richtung Straße los.
Ich folge ihm.
»Kommen Sie«, sagt er zu Ritchie.
»Mir reicht das jetzt«, antwortet Ritchie. »Ich kenne diese Schnepfe nicht. Ich werde im Schlitten pennen. Ich bin zu spät dran.«
Noch ehe jemand eine Bewegung tun kann, um ihn daran zu hindern, ist er wieder in den Buick gestiegen und hockt sich hinter das Lenkrad.
Er scheint es sich urgemütlich machen zu wollen.
Und plötzlich dröhnt der Motor, und wie ein Wirbelwind zieht er ab.
Peng! Peng! ... Peng! ...
Carruthers und der andere Bulle haben auf den Schlitten geschossen, aber der ist schon um die Ecke gebogen. Ich blicke Carruthers sprachlos an, und dann kriege ich einen auf die Birne.
Bevor ich wegsacke, kann ich mir gerade noch sagen, daß es ein Kolbenhieb ist, daß aber die echten Bullen doch nicht so schwere Kaliber tragen.

Neunzehntes Kapitel

In einem leeren Zimmer mit geschlossenen Jalousien finde ich mich wieder – wenn man da von Wiederfinden reden kann, denn mir ist, als fehlten ein paar Stücke von mir. Es ist noch hell, und es dringt genügend Helligkeit herein, den Ort zu beleuchten: die Wände sind weiß und kahl.

Fünf Minuten lang kaue ich an einer Zunge herum, die wie ein Schwamm ist, und es gelingt mir, in einem Winkel meines Mundes ein bißchen Spucke wiederzufinden.

Der Klarheit der Erzählung halber füge ich hinzu, daß meine Hände auf dem Rücken verschnürt sind und daß eben das mir das Gefühl gibt, es fehlten ein paar Stücke von mir. Weil ich versuchen will, den Kreislauf wieder in Gang zu bringen, bewege ich die Finger so gut es geht, und ich versuche, mich aufzurichten. Ich liege am Fuße einer Wand, mit der Nase zum unteren Winkel, und das ist nicht bequem.

Ich bin nicht alleine, könnte man meinen. Ich habe zwei Mitbewohner. Links von mir eine Frau, den Kopf auf der Brust, die mit dem Rücken zur Wand sitzt wie ich, und neben ihr eine hingestreckte Gestalt.

Ich sehe immer klarer.

»Wer sind Sie?« frage ich leise.

»Donna Watson … die arme Donna Watson …«, sagt sie.

»Donna … ich bin Francis.«

Sie bricht in ein rauhes, gräßliches leises Lachen aus, das mir Kälteschauer über den Rücken jagt.

»Und da …«, sagt sie, »das ist John … ein gewisser John Payne … ein Kerl, der John Payne genannt wurde …«

Ich hab Schiß. Sie ist beeindruckend.

»Donna …«, sage ich, »beruhigen Sie sich … Was ist los? Wir schaffen das schon …«

»So wie John«, sagt sie. »Wie der Bursche, der John Payne hieß, bis Louise Walcott ihn mit dem Rasiermesser zerschlitzt hat.«

Auf einmal schaffe ich es aufzustehen, indem ich mich gegen die Wand stemme.
»Donna«, sage ich, »um Gotteswillen, seien Sie still und hören Sie mit solchen Albernheiten auf.«
Ihr Kopf fällt wieder nach unten, und sie schweigt. Mit völlig steifen Gelenken stehe ich da, sie haben mich kräftig hergenommen.
Ich hüpfe zu John hin – falls ers ist. Er liegt neben Donna, die Arme auf dem Rücken gefesselt wie sie und ich, sein Gesicht ist weiß. Er trägt helle Sachen. Seine Hose ist blutbefleckt. Ein riesiger, monströser Fleck. Um ihn herum ist Blut ausgeflossen. Er schwimmt buchstäblich darin.
»Er ist tot«, sagt Donna. »Zwanzig Minuten lang hat er gebrüllt, dann ist er gestorben. Mit Rasiermesserschnitten hat sie ihn zermetzelt ...«
»Genug jetzt, Donna«, sage ich.
Ich verspüre in dem Augenblick einen blinden Haß auf diese Louise Walcott, eine Lust, sie zu zerrupfen.
»Donna«, sage ich, »wir müssen hier raus.«
Sie lacht, ein leises und finsteres Lachen.
»Du, Francis«, sagt sie, »wirst auch mit dem Rasiermesser erledigt. Ich mit glühendem Eisen. Einem Eisenbolzen, der mit der Lötlampe zur Rotglut gebracht ist ... Und den wird sie mir da hineinstecken ...«
»Donna«, sage ich, »wir kommen hier schon raus.«
Ich schaue mir die Schnüre um meine Füße an. Sie sind dick, aber es wird schon gehen.
»Roll dich unters Fenster«, sage ich.
Sie begreift nicht.
»Dreh dich um dich selbst und leg dich unters Fenster«, wiederhole ich.
Sie tuts.
»Um das Geräusch der Fensterscheibe zu dämpfen, die ich einschlagen will«, erkläre ich ihr. »Die Scherben dürfen beim Fallen nicht klirren.«

Ich versuche, leise zu hüpfen, und treffe am Fenster mit ihr zusammen.
Ich lehne mich gegen die Scheibe. Die Außenjalousie ist heruntergelassen, wie ich Ihnen schon gesagt habe... und das ist ein großes Glück.
Langsam drücke ich gegen die Scheibe. Hoffentlich hört man den Krach nicht.
Knack ... sie zerbricht. Eine große Scherbe fällt auf Donna, die Spitze dringt in ihren Rücken ein. Sie zuckt zusammen, sagt aber nichts.
Es hat geklappt. Eine Scherbe ist drangeblieben, neben dem Loch, das ich gerade gemacht habe.
»Jetzt zur Seite mit dir«, sage ich, »Ohne Lärm.«
Sie gehorcht. Ich nehme ihren Platz ein, ich schaffe es, auf jeder Seite der stehengebliebenen Scherbe einen Schuh durchzuschieben.
Meine Knöchel sind zusammengepreßt, und die Scherbe muß dazwischenpassen, wenn sie die erste Umschnürung durchgeschnitten hat. Behutsam hebe und senke ich meine Füße.
Es ist soweit. Eine Umschnürung hat nachgegeben. Die anderen rühren sich nicht. Mehrfachknoten. Einer nach dem anderen muß aufgesägt werden.
Wenn ich meine Knöchel an der Scherbe vorbeiziehe, spüre ich, daß mein Fleisch dranbleibt, aber ich beiße die Zähne zusammen; es funktioniert, der vierte, der fünfte Knoten geht auf.
Meine Beine sind frei. Ein paar Kniebeugen.
Bloß nicht einschlafen. Aber was ist da los? Schritte im Flur. Schnell zwei, drei Kniebeugen.
»Mach dich lang, Donna«, sage ich ganz schnell. »Rühr dich nicht. Stell dich tot.«
Ich kauere mich neben sie. Die Tür geht auf. Eine Frau kommt herein. Ich beobachte sie durch meine halbgeschlossenen Wimpern. Den Kopf kenne ich.
Louise Walcott.

Sie ist allein. Sie macht die Tür wieder zu.
Sie hat ein blitzendes Ding in der Hand. Ein Rasiermesser. Sie trägt ein sehr tief ausgeschnittenes schwarzes Kleid, tadellos. Schöner und kesser denn je.
»Ach nee…«, sagt sie. »Uns war wohl zu heiß, und da haben wir die Fenster eingeschlagen … oder vielleicht um zu rufen?«
Sie lacht.
»Dir wird gleich noch heißer werden, Donna Watson«, sagt sie.
Sie geht auf John Payne zu.
»Tot ist er?« fragt sie. »Zu komisch, diese Männer, sie können ohne das da nicht leben.«
Was diese Megäre für eine Stimme hat! Sie kommt auf mich zu.
»Du wirst auch ein paar Schnitte abkriegen, mein Jungchen«, sagt sie. »Das wird dir Beine machen. Streck dich aus. Das ist nur eine Vorspeise.«
»Es ist nicht sehr gut geschliffen«, sagt sie. »Es ist schon für John benutzt worden.«
»Warum wollen Sie den Anblick ganz allein genießen?« frage ich. »Gibts im Hause keine Liebhaber?«
Sie weicht einen Schritt zurück.
»Ach nee, deine Zunge tuts wieder«, sagt sie. »Na schön, wenn du schon das übrige verlieren wirst… aber nicht gleich. Diesmal bin ich nur gekommen, um dir einen Vorgeschmack zu geben. Komm. Schau.«
Sie packt mich am Kragen und zieht mich bis zu John hin.
»Schau da«, sagt sie.
Gütiger Himmel!
Von hier aus sehe ich besser: es ist das, worauf ich gefaßt war. Ich weiß nicht, ob Sie beim Catchen mal von einem Trick gehört haben, der »Flugschere« heißt.
Ich springe in die Höhe, und meine in die Luft geschleuderten Beine schließen sich um Louise Walcotts Taille.

Am liebsten möchte ich vor Freude schreien, denn ich höre einen Aufprall auf dem Fußboden. Sie hat das Rasiermesser losgelassen. Ich strenge mich entsetzlich an und wälze sie mit der ganzen Kraft meiner Schenkel zu Boden. Ihr Kopf schlägt gegen die Wand. Ich drücke, ich drücke aus Leibeskräften. Ich spüre ihre letzten Rippen krachen. Ich bin vor Anstrengung einer Ohnmacht nahe. Sie kann nicht schreien. Sie kann überhaupt nichts mehr tun. Sie stößt ein undeutliches Grunzen aus und sackt zusammen.
Hinter mir rührt sich was. Donna ist zu mir hingekrochen. Wenn ich den Kopf umdrehe, sehe ich, wie sie in den Fußboden beißt.
»Rühr dich nicht, Francis«, sagt sie.
Ich begreife, daß sie es geschafft hat, das Rasiermesser zwischen ihre Zähne zu nehmen.
Ich drücke immer noch die Walcott zusammen. Jetzt spüre ich, wie die Klinge des Rasiermessers mir blöderweise ins Handgelenk schneidet.
»Höher, Donna.«
Die eine Schnur ist angeritzt. Ich strenge mich entsetzlich an, und alles platzt auf. Ich habe die Hände frei. Und meine Handgelenke tun mir weh.
Ich bewege die Finger. Sie sind abgestorben. Los. Ich zwinge mich. Ich hebe die Hände, damit das Blut herauskommt.
Es zirkuliert allmählich. Aber mir fällt ein, daß es jetzt was vorzutäuschen gilt. Ich brülle.
»Ah! … Louise … Gnade … Hilfe … nicht das … Aaah …«
Donna springt auf das Rasiermesser, das sie aus ihren Lippen hat fallen lassen. Als sie es aufhob, hat sie sich geschnitten. Sie blutet. Ich schneide ihr die Schnüre durch, ich reibe sie und küsse sie wie gutes Brot.
»Donna!« sage ich. »Du bist ein tolles Mädchen. Ein Schatz bist du. Ich mag dich.«
»O Francis«, sagt sie, »der arme John … Bring sie um, bring sie um, dieses Mistvieh.«

»Das geht nicht«, sage ich, »die haben bestimmt Tricks, die die Polizei aus ihr herausholen will. Auf die kannst du zählen, die nimmt sie gründlich vor.«
Ich blöke wieder ein bißchen los, um den Schein zu wahren, und Donna lacht. Und dann bereden wir die Sache schnell und leise.
»Ein bißchen zurichten möchte ich sie schon«, sage ich. »Ohne sie umzubringen.«
Ich packe Louises Körper und lege ihn der Länge nach auf den Boden. Und dann zerbreche ich ihr, in zwei Takten und drei Sätzen, die beiden Handgelenke. Keine Einzelheiten, das ist uninteressant; aber es erleichtert. Sie wacht darüber auf, aber Donna hält ihr den Mund zu. Ich plaziere ihr einen hausgemachten Fausthieb aufs Ohr, und sie geht wieder ins Land der Träume ein.
»Zerbrich ihr auch eine Pfote, Francis«, sagt Donna zu mir. »Auch eine Pfote.«
»Dann wird sie richtig wach«, sage ich, »und außerdem bin ich kein Schlachter. Sie widert mich zu sehr an. So ist sie unschädlich.«
Ich durchsuche sie. Unter der Achsel hat sie eine automatische Pistole, wie ein echter kleiner Gangster. Deshalb trägt sie immer so tief ausgeschnittene Kleider … damit sie ihn schnell greifen kann.
Donna schlägt mir nochmal vor, ihr dies und das anzutun.
»Hör zu, Schätzchen«, sage ich, »mit einem Känguruh könnte ich das, aber mit diesem Weibsstück – lieber hänge ich mich auf. Sie verdient es nicht. Armer John!«
Beim Gedanken an John beginnt Donna zu weinen, und eine Sekunde später lacht sie, weil wir unser Theater weiterspielen.
Ich bin bewaffnet, frei … in diesem Zimmer. Ein Ausgang nur: das Fenster.
»Was ist im Garten?« frage ich. »Können wir uns halten?«
»Große Chancen haben wir nicht«, sagt Donna zu mir. »Wir

sind hier bestimmt im zweiten Stock. Das ist das Stockwerk mit den Zellen. Im Garten steht nur eine Holzhütte, die wie nichts wegbrennen würde, wenn sie uns daraus vertreiben wollten. Wir können uns nirgends halten.«
Ich gehe zum Fenster und hebe die Jalousie hoch. Stimmt genau. Ich lasse sie wieder herunter.
»Zu hoch«, sage ich. »Wir müssen durch die Tür.«
»Los«, antwortet sie.
Sie ist sehr blaß und fügt hinzu:
»Wenn wir unten ankommen, werden wir abgeknallt.«
»Wer bleibt ständig hier?«
»Der Gärtner, ein rothaariges Riesenvieh; nicht sehr gefährlich: Mac Coy. Und dann Mädchen. Drei oder vier sind vielleicht noch da, die anderen sind sicherlich in der Stadt. Viola Bell muß da sein, das ist die Aufseherin, ein echtes Scheusal. Wir waren Freundinnen ...«, fügt Donna hinzu.
Es überläuft sie.
»Wenn ich bedenke, daß ich auf ihrer Seite war!«
»Den Gärtner kenne ich«, sage ich. »Er ist scheußlich anzusehen.«
»Er ist der einzige Mann hier«, sagt Donna.
»Richard Walcott?«
»Der kommt selten. Er bleibt mit seinen Kumpeln in Washington. Außerdem sind bestimmt Viola, Beryl und Jane da. Totschlägertypen. Und Rosie Lance. Die kocht.«
»Sie hat auch einen Ballermann, vermute ich?«
»Ja«, sagt Donna. »Alle hatten wir einen. Im Keller wurde geübt.«
Es fällt ihr schwer, weiterzusprechen.
»Auf Männer?« frage ich.
»Ja«, antwortet sie, »auf Männer. Tote.«
»Deren Louise selber sich angenommen hatte?«
»Ja.«
»Gut«, sage ich. »Wir gehen hinunter.«
»Sei still ...«, flüstert Donna.

Man hört Schritte eine Treppe heraufkommen.
Die Schritte gehen weiter und nähern sich der Tür. Und eine Stimme ertönt:
»Louise ...«
Keine Antwort, aus gutem Grund.
»Louise Walcott.«
Die Türklinke dreht sich. Rasch schiebe ich Donna hinter mich und trete näher.
Viola zögert sichtlich. Sie hält die Klinke fest und kann sich nicht zum Eintreten entschließen.
Da gibts nur eins. Leise packe ich diese unentschlossene Klinke und ziehe sie gewaltsam an mich. Viola verliert das Gleichgewicht und fällt halb ins Zimmer. Ihr Revolver spuckt.
Einmal, nicht zweimal. Der zweite Knall ist ein Fausthieb auf den Schädel. Mit meiner vollen Kraft. Einen Ochsen hätte der niedergestreckt.
So robust ist Viola augenscheinlich nicht. Ich durchsuche sie. Sie trägt eine Hose. Ein Revolver auf der Hinterbacke, ein zweiter im Mieder. Ich habe einen Einfall. Ich ziehe sie ganz aus.
»Mach dasselbe mit Louise«, sage ich zu Donna. »So wegzurennen, werden sie Mühe haben.«
Kein schöner Anblick. Viola ist schlecht gebaut. Mager, keine Brüste, Knabenhüften.
Sie bewegt sich. Ich packe sie am Nacken und haue ihr aufs Kinn wie auf altbackenes gutes Brot. Und du meine Güte, fröhlich gehe ich ran! Sie vergißt alles.
Bei ihr finde ich noch einen kleinen Dolch, der mit zwei Lederriemen an ihrer rechten Wade befestigt ist, und ein Schlüsselbund.
»Ein ganzes Waffenlager ...«, sage ich.
Wir beeilen uns, weil ohne Zweifel die anderen hereinschneien werden. Ich spitze die Ohren, und plötzlich durchfährt mich ein Gedanke.

»Und Jack?« frage ich Donna. »Wer ist das?«
Ich beschreibe den falschen Carruthers.
Donna überlegt.
»Ich weiß, wen du meinst, aber ich weiß nicht, wie er heißt«, sagt sie zu mir.
»Der hat mich geschafft«, erkläre ich ihr. »Deshalb möchte ich den gerne in einer Ecke festhalten. Bei ihm war noch ein Mann. Ein kleiner Brünetter, mit einem riesigen Revolver. Schmal, der Mund wie ein Strich.«
Sie feixt.
»Das ist kein Mann«, sagt sie. »Das ist Rosie, die Köchin.«
»Gut – das macht nur eine mehr ... dann gehen wir hinunter ... Nimm das.«
Ich reiche Donna einen Ballermann, so daß sie einen hat und ich zwei.
»Führ uns«, sage ich.
»Wir könnten warten, bis jemand kommt«, meint Donna. »Dann würden wir sie eine nach der anderen erwischen.«
»Ich glaube, Angreifen ist besser«, antworte ich. »Stell dir vor, die legen Feuer und hauen ab.«
Von der Vorstellung eines Feuers bin ich ganz benebelt.
»Oh, dann los«, sagt Donna.
Sie drückt sich an mich.
»Läßt du mich auch nicht fallen, wenn etwas passiert?«
»Was soll denn passieren, Donna?«
Ich küsse sie sanft und gehe als erster.
»Links«, sagt sie zu mir. »Die Treppe.«
Ich bewege mich geräuschlos weiter. Donna hat Louises und Viola Bells Klamotten aufgehoben, und sie verschließt wieder die Tür zu dem Zimmer, wo die beiden ausgestreckt liegen.
Ich bin auf der Treppe. Ich gehe langsam hinunter. Nichts geschieht.
Ich frage mich, wo Ritchie ist.
Da ist der Treppenabsatz vom ersten Stock. Ich gehe an der

Wand des Treppenhauses entlang und blicke um mich. Wie im zweiten Stock gehen vier oder fünf geschlossene Türen auf den Treppenabsatz.

Donna ist ganz dicht neben mir.

»Rechts«, sagt sie zu mir. »Das erste Zimmer. Dadrin müssen sie sein.«

Bevor ich das geringste tun kann, überholt sie mich und geht hinein.

Ich höre zwei Schüsse und Klagelaute. Und dann Rumoren unten im Erdgeschoß. Doch ich gehe weiter und hole Donna ein.

Sie kniet vor der Tür am Boden. Und im Zimmer ist eine Frau. Also … *war* eine Frau.

Donna hat recht: sie haben schießen gelernt.

Es ist ein blondes Mädchen, jung, hübsch, aber mit einem wüsten Gesicht. Sie sitzt in einem Sessel hinter dem Tisch. Sie trägt eine weiße Hemdbluse. Ein roter Fleck breitet sich auf der linken Brust aus.

Ich packe Donna.

»Was hast du? …«

»Achtung«, flüstert sie. »Jemand kommt herauf.«

Ich drehe mich um und lasse sie los. Ich hebe meine Knarren hoch.

Ich schieße als erster. Das erstemal in meinem Leben, daß ich auf ein Mädchen schieße. Hoffentlich das letztemal. Mein Schuß hat gesessen. Ihr Ballermann fliegt ihr aus den Pfoten, sie stößt einen Schrei aus, weil ihr Zeigefinger mitgegangen ist. Ich fasse sie am Kinn, und ich schwöre Ihnen, daß ich nicht versuche, sie aufzufangen, bevor sie hinfällt.

»Pfoten hoch! …«

Verdammt. Hinter ihr stand der andere. Der angebliche Carruthers. Ich verstehe nicht, wieso er nicht geschossen hat.

Ich lasse meine Werkzeuge fallen. Nichts zu machen. Aber plötzlich schwirrt hinter meinem Ohr eine Kugel, und ich sehe, wie vor mir das Gesicht des Kerls echt zerplatzt. Das

Blut bespritzt mich, und ich weiche zurück, kurz davor, mich zu übergeben.
»Danke, Donna«, sage ich, ohne mich umzudrehen.
Ich lese meine Ballermänner auf und gehe zur Tür. Ich habe das Gefühl, daß wir abgeräumt haben. Ich mache die Tür wieder zu und kümmere mich ein bißchen um Donna.
»Bist du ernsthaft verletzt?« frage ich sie.
Sie ist in sich zusammengesunken und atmet mit Mühe. Ich lege sie auf den Tisch.
»An der Lunge«, sagt sie.
»Nicht schlimm«, sage ich, »das schaffen wir. Rühr dich nicht, atme sachte.«
»Lohnt nicht, Francis«, sagt sie zu mir. »Wozu! Gib mir noch einen Schuß ab. So oder so habe ich so viel auf dem Kerbholz, daß sie mir dreißig Jahre geben werden.«
»Unsinn«, antworte ich. »Warum, glaubst du, hat er nicht auf mich geschossen?«
»Weiß nicht«, murmelt sie.
Ich bette ihren Kopf auf Violas Klamotten, die sie nicht losgelassen hat.
»Ich glaube, ich habs endlich begriffen«, sage ich. »Weil ich ein Stück Geld wert bin. Verstehst du, er glaubt, mein Papa ist Senator. Er wollte mich sicherlich kidnappen.«
Sie lächelt erbärmlich.
»Das haut nicht hin, Francis«, meint sie.
»Er hat wirklich Moos wie fünf oder sechs Senatoren zusammen«, sage ich. »Und mit dir geht das ganz von selbst klar. Erkälte dich bloß nicht.«
Während Donna sich ausruht, durchwühle ich die Taschen des Kerls. Da ist die Brieftasche, die er mir gezeigt hatte. Die Papiere sind wohl da. Aber in der Innentasche sind andere.
Sieh mal an. Der fragliche Herr heißt in Wirklichkeit Sam Driscoll – was keinerlei Zusammenhang ergibt. – Er ist tatsächlich Privatdetektiv in New York. Und nicht weniger

tatsächlich ist er von Gaya Valenkos Vater dazu angeheuert worden, dessen Tochter zu überwachen. Vor drei Monaten.
Er hatte so seine eigene Überwachungsmethode ... Dieser Bruder hat scheints an allen Krippen fressen wollen und Walcott den Dreh verkauft.
Ich glaube, das ist voll nach hinten losgegangen. In der näheren Zukunft wird er nicht mehr in den Angelegenheiten anderer herumschnüffeln.
Ich stecke die Papiere in die Tasche und gehe wieder zu Donna. Die sieht schlecht aus. Ich streiche ihr mit der Hand über die Stirn. Sie hat Fieber.
Und doch schwant mir, daß ich etwas vergesse.
Ich überlege nach Kräften. Ich habs. Wo ist der Gärtner, der abscheuliche Rotschopf, der eine halbe Tonne wiegt?
»Donna«, frage ich, »sprich nicht mit mir, aber hör zu. Wenn du mit Ja antworten willst, machst du die Augenlider zu, sonst rührst du dich nicht. Waren hier nicht andere Mädchen?«
Sie macht ja.
»Die da, ist das Beryl?«
Keine Antwort.
»Ist es Jane?«
Ja? Gut. Beryl ist im Freien. Oder draußen im Flur. Sie erwartet mich, um mich abzuknallen.
»Waren noch mehr da?«
Ja.
»Aber du kennst sie nicht?«
Sie spricht ganz leise.
»Die anderen lebten nicht hier. Hier war Louises Hauptquartier. Die anderen holten sich die Weisungen in der Bar.«
»Sei still«, sage ich, »ich hab verstanden.«
Aber du lieber Gott, was macht Ritchie?
Genau in dem Augenblick höre ich einen Schlitten herankommen. Ich stürze zum Fenster. Das Auto fährt ein und

biegt vor das Haus. Ich sehe nichts mehr. Ich bereite mich darauf vor, hinauszueilen. Bestimmt ist das Ritchie.
»Francis ...«
Donna richtet sich halb auf.
»Francis ... Vorsicht ...«
Sie schluckt und legt die Hand auf ihre Brust.
»Das ... das ist Louises Wagen ... das ist Jane ... Vorsicht.«
Du meine Güte ... ich muß nachsehen ... Am Ende des Flurs ist ein Fenster, das auf den Garten geht. Ich laufe hin.
Verflixt. Sie sind schon ausgestiegen und hereingekommen. Ich laufe schnell durch den Treppenbereich zurück und ducke mich. Ich halte Ausschau und versuche, dabei nicht entdeckt zu werden.
Jemand kommt herauf. Und jetzt hab ich Lust zu töten. Es ist mein Brüderchen Ritchie, der da auf mich zugeht. Sein Gesicht ist von Blut bedeckt. Hinter ihm der Rotschopf und ein Mädchen mit kurzen Haaren und einem viehischen Gesicht, in schwarzer Hose und schwarzem Pullover. Sie hält einen Dolch in der Hand und sticht Ritchie in den Rücken, damit er weitergeht. Seine Hände sind gefesselt.
Zum Glück für mich heben sie die Augen nicht. Aber wenn ich schieße, verletze ich Ritchie.
Ich weiche zurück, gehe wieder in das Zimmer und schließe geräuschlos die Tür. Sicherlich werden sie ihn oben einsperren.
Durch die Tür höre ich das schwarzgekleidete Mädchen schnuppern.
»Komisch riecht das hier«, murmelt sie. »Es ist geschossen worden.«
»Bring ihn nach oben, Dan«, sagt sie. »Ich sehe im Büro nach.«
Das Büro ist da, wo ich bin. Ich weiche zurück.
Sie drückt die Klinke nach unten, die Tür geht nicht auf.
»Louise!«
»Beryl! ...«
Keine Antwort. Ich höre, wie sie vor sich hin schimpft.

Und dann Stille. Oben Schritte. Das Geräusch eines Falls. Plötzlich Galoppschritte auf der Treppe.
»Dan!«
Der Koloß ist wieder heruntergekommen. Ich höre, wie sie hastig verhandeln.
»Drück die Tür ein ...«
Ich mache mich bereit. Der andere nimmt Anlauf... ich spüre es ... ich drücke mich gegen die Wand.
Die Tür zersplittert, und das Vieh sackt mitten im Zimmer zusammen.
Ich schieße mit beiden Händen auf diejenige, die hinter ihm steht. Erwischt. Ohne einen Mucks. Ein schwarzer Haufen am Boden.
Der Rotschopf steht wieder auf. Er schnallt nicht.
»Rühr dich nicht mehr!« brülle ich.
Er kommt auf mich zu.
»Keinen Schritt mehr!« brülle ich.
Jetzt ist es passiert. Ich bin erledigt. Er hat gesehen, daß ich gar nicht schießen kann. Meine Nerven lassen mich im Stich. Er lacht.
»Schieß doch«, sagt er.
Ich fange mich. Ich schmeiße meine Ballermänner über den Tisch, auf dem Donna starr daliegt.
»Ich mache dich mit den Händen fertig«, sage ich zu ihm. Weil ich einfach nicht mehr so, kaltblütig, töten kann ... ich will nicht mehr. Es ist zu widerlich.
Ich weiche einer Faust aus, die wie eine drei Kilo schwere Hammelkeule ist, und dresche auf seine Leber ein. Mein Gott! Das dringt zwanzig Zentimeter ein, ich habe das Gefühl, in eine Daunendecke zu schlagen. Schnell gehe ich wieder in Deckung.
Er hat einen grauenerregenden Hebel. Ich muß ihn mit Catchen oder Judo kriegen. Ohne das ist nichts zu machen.
Ich umtänzle ihn und suche nach einem Angriffspunkt. Und an dem muß ich dann festhalten ...

Er ist in Stellung gegangen. Ich stürze los und bringe ihn mit einer Finte aus dem Gleichgewicht. Mit entsetzlichem Krachen sacken wir um.
Das Telefon klingelt …
Der Dicke liegt am Boden, auf der rechten Seite, und ich habe es geschafft, mich freizumachen. Ich drücke ihm einen Fuß auf den Hals und schnappe mir die linke Hand. Ich springe in die Luft und verdrehe im Zurückfallen seinen Arm.
Gut. Einer ist gebrochen. Was ich heute so alles zerbreche!
Er gibt auf.
Ich stehe auf und wische mir das Gesicht ab. Ich bin in einem Traum. Das Telefon klingelt immer noch. Ich nehme ab.
»Hallo … Hier Richard …«
»Hier der liebe Gott«, antworte ich.
Gerade habe ich die Stimme von Walcott, diesem Dreckstück erkannt.
»Hallo? … Louise?«
Er scheint sprachlos zu sein.
»Du kommst nicht ins Paradies«, sage ich zu ihm, »weil du viel zu sehr wie eine Tante aussiehst. Scherz beiseite. Hier Sam, komm trotzdem. Louise will dich sehen. Ciao.«
Ich lege auf und wähle eine andere Nummer.
»Polizei?«
Die habe ich.
»Hier spricht einer, der es gut mit Ihnen meint«, sage ich. »Kommen Sie da und da hin« (ich erkläre es ihnen schlecht und recht), »und Sie werden interessante Dinge finden. Bringen Sie Särge mit.«
Ich lege abermals auf und springe weg, um zu sehen, was aus Ritchie wird. Ich suche, wo er ist, und mache die Türen mit Violas Schlüsseln auf. Im zweiten Zimmer finde ich ihn. Er liegt in eine Ecke gestreckt, in Lumpen. Er hat keine Jacke mehr, sein Hemd ist zerfetzt, er rührt sich nicht. Ich hab Schiß. Ich knie mich neben ihn hin und schneide seine Fesseln mit dem kleinen Dolch durch, den ich behalten habe.

Ich massiere ihn.
»Ritchie … Ritchie … wirst du wach?«
Er reagiert langsam. Schlapp.
»Ich bin Francis«, sage ich zu ihm. »Francis. Dein Bruder. Ritchie, wach auf, die Bullen kommen gleich, und wir müssen sie reinlegen.«
»Die Bullen?« schimpft er. »Kommt nicht in Frage.«
Endlich finde ich meinen alten Ritchie wieder. Er reißt sich zusammen, und ich helfe ihm aufzustehen.
»Meine Beine …«, sagt er.
Sein Rücken ist ganz blutig von den Messerstichen, die ihm dieses Weibsstück versetzt hat, damit er die Treppe hochgeht. Zum Glück oberflächlich.
Er tut zwei torkelnde Schritte.
»Wie steht die Sache?« fragt er mich.
Ich erkläre ihm alles, während wir die Treppe hinuntergehen, und er erzählt mir dann, wie der Rotschopf und das Mädchen in Schwarz ihn mit ihrem Schlitten gejagt haben. Mit seinem alten Buick konnte er es nicht schaffen und ist in eine Kurve gerast.
»Ich war halb hinüber«, sagt er zu mir, »und sie haben mich gepflückt wie einen reifen Apfel.«
Ich erzähle ihm, daß Donna eine Bohne in den Blasebalg bekommen hat, als sie das Gelände vor mir säuberte.
»Ernst?«
»Du mußt dirs ansehen«, sage ich.
Wir sind ins Büro gekommen. In einer Ecke wimmert der dicke Rotschopf, reglos gegen die Wand gelehnt. Auf dem Fußboden der Pseudo-Carruthers, die Raubtiervisage. Im Sessel Jane und auf dem Tisch Donna. Starr. Ritchie beugt sich über sie.
»Nichts zu machen«, sagt er zu mir. »Die ist hin.«
Sie lächelt verschwommen, ich befühle ihre Stirn. Sie scheint uns anzublicken. Ungewollt überläuft es mich.
»Das war kein übles Mädchen«, sage ich.

»Nicht übel«, antwortet Ritchie wie ein Echo. »Schade, daß die nicht kapieren. In zwei Stunden wird sie tot sein.«
Wir gehen hinunter. Was kann man anderes tun? Auf die Bullen werden wir nicht warten.
Die Schlüssel vom Schlitten stecken. Es ist ein Packard, neuestes Modell. Die Leute mögen sie nicht mehr recht, weil sie wie Leichenwagen aussehen, aber ich wundere mich, daß Ritchie sich hat schnappen lassen. Wir steigen ein.
Ich bin immer noch als Mädchen angezogen, mir reichts langsam ... Zwei Ballermänner habe ich. Ich schmeiße sie ins Handschuhfach. Wir wenden, um nach Washington zurückzukommen.
»Was machen wir?« fragt Ritchie.
Er hat sich wieder etwas zurechtgemacht, womit, weiß ich nicht, und er hat eine Jacke gefunden.
Aber richtig ... ich werde ja noch immer von den Bullen gesucht. O wie mir das alles zum Halse heraushängt ... ich glaube, Donna macht mich so trübsinnig.
»John«, sage ich zu Ritchie. »John Payne. Der war da oben.«
»Ich weiß«, sagt Ritchie. »Dan hat ihn mir gezeigt, ehe er mich einsperrte.«
Wir fahren. Wir begegnen einem Schlitten.
»Stopp mal«, sagt Ritchie.
Kein Nachdruck vonnöten, ich habe Walcott gesehen.
Ich mache kehrt, und wir fahren mit Vollgas. Nach dreihundert Metern haben wir ihn eingeholt. Ich gebe nochmals Extragas, und wir werden das Heck seines Wagens rammen. Ritchie streckt seinen Arm aus der Wagentür und macht ein Magazin für ihn leer.
Walcotts Wagen tut einen Satz nach vorne. Es ist ein Lincoln, und ich glaube, wir werden Mühe haben.
»Zisch ab, Francis«, sagt Ritchie zu mir.
Ich fahre drauflos. Wir kommen wieder an Louises Haus vorbei. Bei dem Tempo wird es nicht lange dauern, und wir knallen in die Kulisse, aber der Typ mißfällt mir einfach zu sehr.

Ich bin auf Höchstgeschwindigkeit und komme ihm nur so langsam und häppchenweise näher, daß mir klar wird, da ist nichts zu wollen.
»Schieß nochmal, Ritchie!«
Er ist zwanzig Meter vor uns. Als ich das gerade zu Ritchie gesagt habe, zerbirst genau rechts von mir unsere Windschutzscheibe. Sie schießen auch.
Ritchie nimmt sich Zeit. Er zielt und läßt die erste Kugel los. Fünf bleiben uns.
Die Straße verläuft jetzt in Kurven, und sie müssen langsamer werden; ich auch, weil alles leicht ins Tanzen kommt.
»Zisch ab«, sagt Ritchie zu mir.
Ein Aufprall gegen die linke Halterung der Windschutzscheibe. Liebliche Musik ertönt. Mein Brüderchen hat soeben das Radio angestellt.
»Geh ran«, sagt er. »Kümmere dich nicht.«
Ich drücke und drücke. Die Reifen quietschen. Wir gewinnen sechs Meter. Ein gerader Abschnitt. Wir durchqueren ein Dorf wie der Wirbelwind. Abermals Kurven. Ein Brückchen. Es gelingt mir, Walcott einzuholen... Ich presche weiter und streife seine linke Seite. Er hat Schiß. Ritchie verpaßt ihm zwei Schüsse aus dem Ballermann, und genau vor der Brücke dränge ich ihn nach rechts weg. Sein Wagen stößt in das Brückengeländer, und in einem Blitzschein sehen wir, wie er hochstiebt und nach allen Seiten herunterfällt.
Eine Explosion ertönt, aus dem Tank schlagen Flammen. Eine reife Leistung.
Das sagt Ritchie zu mir, während ich versuche, den Schlitten aus diesen schweinemäßigen Kurven herauszuholen.
Ich streife einen Pfeiler... Es schlingert und stampft. Endlich kann ich das Gaspedal beruhigen.
»Fahr da weiter«, sagt Ritchie zu mir. »Da etwas weiter habe ich einen Kumpel wohnen, der uns für ein paar Tage aufnehmen kann.«
Was der Kerl viele Kumpel hat...

Zwanzigstes Kapitel

Ich habe mich körperlich nie so wohl gefühlt wie in dem Augenblick, als ich mich bei Ritchies Kumpel unter einer schönen Dusche wiederfinde, mit einem Stück Seife und einem Handtuch … und auf der anderen Seite Männerklamotten, die auf mich warten.

Denn auf die Dauer kapiere ich, daß ich als Biene ausstaffiert bin wie ein Goldfisch, und das ist schade, wenn man so niedlich ist wie ich.

Ich bin voller Seifenschaum, als die Tür aufgeht.

»Rühr dich nicht!« sagt Ritchies Stimme zu mir. »Ich bins.«

Ich wollte mich schon verdünnisieren. Die Macht der Gewohnheit.

»Ich habe Papa angerufen«, erzählt Ritchie mir.

Ööh … das … hätte ich mich nicht getraut.

»Was hast du ihm erzählt?«

»Alles …«, sagt mein Brüderchen.

»Na und?«

»Und er sagt, daß wir ein paar schöne Blödmänner sind.«

»So unrecht hat er nicht.«

Ich blase mich mit Stolz auf. Schick, einen Paps zu haben, der nicht blöde ist.

»Er wird versuchen, uns als Inspektoren bei der Polizei unterzubringen«, fügt Ritchie hinzu. »Oder als Detektive des District Attorney. Das ist einer seiner großen Busenfreunde. Da es eine Drogengeschichte ist, wird das für ihn werbewirksam. Und für das, was wir getan haben, werden wir belohnt.«

»Gut so«, sage ich.

»Mama hat mich beauftragt, dich anzuschnauzen«, fügt er hinzu.

»So unrecht hat die auch nicht.«

Sympathische Eltern haben wir. Vollkommen glücklich wäre ich, wenn Donna durchgekommen wäre … Nun ja … Nein,

da ist auch noch John Payne ... Armer John. Das ist unsere Schuld. Nun ja. Er hat gute Zeiten gehabt, bevor er dran glauben mußte.
»Hast du ihm gesagt, er soll das so schnell wie möglich in Ordnung bringen?«
»Er ruft uns in zehn Minuten zurück.«
»Sonst nichts?«
»Ach doch! ... er hat mich gefragt, wie es kommt, daß du zehntausend Dollar an der Lenksäule deines Schlittens befestigt gelassen hast. Ein Automechaniker hat sie ihm gerade zurückgebracht.«
Das haut mich um.
»Es gibt eben noch anständige Menschen ...«, sage ich.
»Er hat ihm fünfhundert als Finderlohn geschenkt«, antwortet Ritchie. »Er hofft, du bist einverstanden.
»Aber Wu Shang?« frage ich.
»Den hatte man vorgewarnt, das heißt: Papa hatte das getan«, sagt Ritchie. »Wu hat gar nichts, und unsere Eltern wußten, daß die Zeitungsente Louise Walcott in eine Falle locken sollte.«
»Wunderbar! ...«, sage ich. »Dann stimmt also die Geschichte, die Driscoll, dieser Dreckskerl, erfunden hat! ...«
Im Grunde hätte ich Sie schon von Anfang an darauf hinweisen sollen, daß mein Papa sein Geld damit verdient hat, daß er während der Prohibition armen durstigen Knülchen zweimal destillierten Alkohol verkaufte – was meiner Meinung nach eine menschenfreundliche Tat ist. Und in der Zwischenzeit ist er Polizeichef von Chicago geworden, was eine gute Stelle ist, wenn man Kies machen will, und jetzt hat er sich in Washington pensionieren lassen. Deshalb fehlt es ihm auch nicht an Mitteln, sich zur Wehr zu setzen.
Nun ja.
»Wir haben gute Arbeit geleistet«, sage ich zu Ritchie.
»Was du nicht sagst! Papa meinte noch, wir hätten um ein Haar die ganze Geschichte versaut. Die Polizei war seit Mo-

naten hinter Louise her, und jetzt wird sie nicht mehr sprechen. Da wir nun aber die Bande fast vollständig abgemurkst haben, sind sie auch wieder nicht so böse, nur: was hätten wir uns da beinahe eingebrockt! ...«
Hmm, na, lassen wir das.
»Ist das alles?« frage ich.
»Das ist alles.«
»Bring mir das Telefon.«
Ritchie holt es. Ich wähle Gayas Nummer.
»Hallo?«
»Hallo, Gaya?«
Ich habe ihre Stimme erkannt.
»Hier Francis Deacon. Nimm deinen Schlitten und komm her.«
»Wohin denn?« fragt sie mich.
»Zu Ben Kirby. Kennst du den? Ich habe alles Nötige.«
Ich lege auf und fange an, mir ein bißchen die Muskeln und Gelenke zu massieren. Ich bin mit blauen Flecken und Verstauchungen gespickt, und mein Gesicht ist so ziemlich überall geschwollen. Gaya muß völlig erledigt sein, weil sie nicht ihr Dreckzeug zum Spritzen hat. Das wird sie schnell aufholen. Zwanzig Minuten braucht sie dazu, nicht mehr.
Ritchie pflegt sich auch gerade, er ist mit Heftpflaster bedeckt.
»Ritchie«, frage ich, »bist du noch dazu aufgelegt, ihr eine Abreibung zu verpassen?«
»Wem?«
»Dieser Mistbiene von Gaya«, antworte ich.
»Ööh ...«, macht er; »ich würde sie eher höflich behandeln.«
»Gut. Das eine schließt das andere ja nicht aus«, führe ich die Sache zuende.
Wir massieren und pflegen uns, und zwanzig Minuten später kommt ein Schlitten an. Gaya ist rasch zu uns gestoßen; wir sind beide in dem Zimmer, das Ben uns gegeben hat, stehen in Unterwäsche da und paffen eine.

»Tag«, sagt sie. »Hast du Stoff?«
»Komm erstmal und gib Küßchen, mein Schatz«, antworte ich. »Man geht doch nicht einfach mir nichts, dir nichts zu den Leuten ins Haus.«
»Mach die Tür zu, Ritchie.«
Er gehorcht.
»Zieh dich aus, Gaya«. fahre ich fort.
Da sie nicht folgsam ist, packe ich sie bei dem was herausguckt, und zerfetze alles. Ritchie kommt mir helfen.
»Unter die Dusche«, sage ich zu ihm.
Wir bringen sie unter die Dusche und brausen sie kräftig ab, und sie können mir glauben: unter der Brühe ist dieses Mädchen noch hübscher als an der Luft.
»Du bist nicht vergifteter als ich«, fahre ich fort. »Du wolltest die große Drogensüchtige spielen. Das zieht nicht. So eine kleine Abkühlung ist genau das, was du brauchst.«
Worauf ich sie mit einem kräftigen Fußtritt in die Hinterbacken aufs Bett befördere. Sie holt sich nicht mehr ein und fängt zu weinen an.
Ich ziehe einen Schleier davor, denn jetzt ist genau der Zeitpunkt gekommen, wo sie getröstet werden muß.
Übrigens ist die Geschichte fast beendet.

Einundzwanzigstes Kapitel

Also, wenn ich meine Aufzeichnungen so durchlese, denke ich: kein einziges Mal werden Sie sich sagen, daß ein Studierter das geschrieben hat. Liegt das am Wortschatz? Nein. Nach meiner Meinung vor allem daran, daß keine lateinischen Zitate vorkommen. Anfangs habe ich mich bemüht, aber ich sehe, daß ich mich habe hinreißen lassen, und trotz

eines Starts in elend gepflegtem Stil hat das Natürliche sich durchgesetzt.
Pech gehabt. Aber ich will jetzt die innere Seite dieses ganzen Geschäftes betonen.
Sehen Sie, das Wesentliche ist, anständig zu sein. Ich bin nicht gerade das, was man einen jungen Mann aus gutem Hause nennt, aber alles, was ich getan habe, war offen und korrekt.
Und dann muß man auch noch die Familienbande achten. Mit meinem Brüderchen habe ich alles geteilt, Gutes und Schlechtes ... aber immer brüderlich. Hand in Hand.
Sie werden zu mir sagen, mit den Bienen seien wir vielleicht ein bißchen hart umgegangen ...
Aber was wollen Sie, die kapieren ja auch nicht.

ENDE

Zu dieser Ausgabe *Die kapieren nicht* (Elles se rendent pas compte) ist der letzte der vier nach dem Muster amerikanischer Bestseller geschriebenen Romane, die Boris Vian unter dem Pseudonym Vernon Sullivan veröffentlichte. Die Originalausgabe, auf der in diesem Fall der Name von Boris Vian als Übersetzer unerwähnt blieb, erschien 1950 bei Editions du Scorpion in kleiner Auflage. Bis zur Neuauflage, 1965 im Verlag Le Terrain Vague, schenkte man diesem Sullivan-Roman keinerlei Beachtung. Der Übersetzung von Hanns Grössel liegt der Text der am 12. Juni 1950 imprimierten Erstausgabe zugrunde.

Klaus Völker

Boris Vian Geboren 1920 in Ville d'Avray. 1939 École Centrale des Arts et Manufactures in Angoulême. 1942 Ingenieursexamen. Begründet eine Amateurjazzband mit Claude Abadie. 1946/47 erscheinen seine ersten Romane, gefördert von Raymond Queneau und Jean-Paul Sartre. Bis 1947 Ingenieur; daneben und in den folgenden Jahren Schriftsteller, Jazztrompeter, Chansonnier, Schauspieler, Übersetzer und Leiter der Jazzplattenabteilung bei Philips. Starb 1959 in Paris.

Werke von Boris Vian
Verzeichnis der Erstausgaben

J'irai cracher sur vos tombes. Roman. Paris, 1946
Vercoquin et le plancton. Roman. Paris, 1946
L'Écume des jours. Roman. Paris, 1947
Les Morts ont tous la même peau. Roman. Suivi de *Les Chiens, le désir et la mort.* Paris, 1947
L'Automne à Pékin. Roman. Paris, 1947
Barnum's Digest. Poèmes. Paris, 1948
Et on tuera tous les affreux. Roman. Paris, 1948
Cantilènes en gelée. Poèmes. Limoges, 1949
Les Fourmis. Nouvelles. Paris, 1949
L'Herbe rouge. Roman. Paris, 1950
L'Équarrissage pour tous. Pièce. Suivi de *Le dernier des métiers.* Paris, 1950
Elles se rendent pas compte. Roman. Paris, 1950
L'Arrache-cœur. Roman. Paris, 1953
En avant la Zizique. Esquisse d'une classification des chansons. Paris, 1958
Fiesta. Opéra en un acte. Livret de Boris Vian; Musique de Darius Milhaud. Paris, 1958
Les Bâtisseurs d'Empire. Pièce. Paris, 1959
Zoneilles (avec Michel Arnaud et Raymond Queneau). Paris, 1961
Je voudrais pas crever. Poèmes. Paris, 1962
Le Goûter des généraux. Pièce. Paris, 1962
Textes et chansons. Paris, 1966
Trouble dans les Andains. Roman. Paris, 1966
Chroniques de Jazz. Paris, 1967
Le Loup-garou. Suivi de douze autres nouvelles. Paris, 1970
Théâtre inédit: Tête de méduse, Série blême, Le Chasseur français. Paris, 1971
Chroniques du Menteur. Paris, 1974
Manuel de Saint-Germain-des-Prés. Texte présenté et établi par Noël Arnaud. Iconographie rassemblée par d'Déé. Chêne. Paris, 1974
Le Chevalier de neige. Paris, 1974
Le Dossier de l'affaire »J'irai cracher sur vos tombes«. Paris, 1974
Derrière la Zizique. Paris, 1976
Petits Spectacles. Paris, 1977
Cinéma. Science-Fiction. Paris, 1978
Traité de civisme. Paris, 1979
Écrits pornographiques. Paris, 1980
Écrits sur le Jazz. Tome I. Jazz-Hot/Combat. Paris, 1981
Le Ratichon baigneur et autres nouvelles inédites. Paris, 1981
Autres Écrits sur le Jazz. Tome II. Paris, 1982
La Belle Époque (Variétés). Paris, 1982

Opéras. Paris, 1982
Chansons. Paris, 1984
Cents sonnets. Paris, 1984
Rue des ravissantes et dix-huit autres scénarios cinématographiques. Paris, 1989

Die kapieren nicht
erschien als 10. Band der
Werke in Einzelausgaben

Wagenbachs Taschenbuch 258
Originalausgabe

 Umschlaggestaltung Rainer Groothuis unter Verwendung einer Zeichnung von Jens Bonnke. Gesetzt aus der Borgis Quadriga von der Offizin Götz Gorissen, Berlin. Gedruckt auf chlor- und säurefreiem Papier und gebunden durch Wagner, Nördlingen. Printed in Germany.
ISBN 3 8031 2258 9